講談社文庫

# 連理の宝

Cocoon外伝

夏原エヰジ

講談社

目次

## 主な登場人物

瑠璃……本シリーズの主人公。唯一無二の美貌を誇る花魁。実は鬼退治の組織『黒雲』の頭領。

錠吉……眉目秀麗な若い衆。瑠璃の髪結いを担当。鬼退治の際は錫杖で戦う。

権三……料理番の大男。金剛杵を操る。

豊二郎／栄二郎……双子の兄弟。若い衆として働いている。二人で結界を作る。

惣之丞……瑠璃の義理の兄。差別撤廃を望み、『鳩飼い』の頭領として『黒雲』と敵対していた。

柚月……『鳩飼い』で結界役を果たす子供。惣之丞を慕っている。実は権三の娘。

惣右衛門…惣之丞と瑠璃の育ての親。歌舞伎役者。

安徳……惣右衛門の友人。惣之丞と瑠璃を大切に想っている。

お恋……狸の姿をした、信楽焼の付喪神。

こま……鬼の中から出てきた狛犬。

津笠……瑠璃の朋輩で、瑠璃の秘密を知っている。鬼と化して瑠璃に討ち取られた。

榎本……稲荷狐の一体。

# 連理の宝　Ｃｏｃｏｏｎ外伝

# 第一話　お恋狸のぽんぽこ珍道中

「狸ちゃん、今まで本当にありがとう。あなたがいてくれたから、あたし、ちっとも寂しくなんかなかったわ」

女子はにっこり微笑んでから、不意に咳きこんだ。こんなにも痩せてしまった体では、玄関先に出てくることさえ応えるだろう。

彼女はきっともう、長くない。

「心配しないで。あなたのことはお隣さんにお願いしたの。あたしがいなくなっても、また大事にしてもらえる」

言って、女子は再び笑顔を見せた。

「ああそうだ。寝ている間に考えてたの。今までは狸ちゃんなんて呼んでたけど、あなたにも名前が必要よね。考えるのがこんなに遅くなっちゃってごめんなさい」

軽く咳きこみつつ、掠れた声を振り絞る。

「あたしの可愛い狸ちゃん。あたしの代わりに、たくさん綺麗なものを見て、素敵な人と出会ってね。そう、あなたの、名前、は……」

ひんやりとした花冷えの風が、仲之町(なかのちょう)を吹き抜けていく。橙(だいだい)色の空は間もなく漆黒に染まるだろう。だが、不夜城たる吉原(よしわら)から灯(あか)りが尽きることはない。

この地に集うは人のみにあらず。大見世(おおみせ)「黒羽屋(くろばや)」の二階にある座敷では、今日も奇(き)っ怪(かい)な者たちの愉快な声が響いていた。

「じゃあ今度は私が上(かみ)の句を読みますねっ」

「おう、そうしろお恋。お前は足が短すぎて、百人一首の取り手にゃ向いてねえ」

信楽焼の付喪神(つくもがみ)、お恋は、髑髏(がしゃどくろ)のがしゃから上の句が書かれた読み札を受け取った。全身が骨のがしゃは何も着ていないにもかかわらず、腕まくりをする真似をして百人一首の取り札に目を凝らしている。

「ちょいと瑠璃(るり)、始めるよ。お前さんはやらないの？」

見た目は若々しいが正確な年齢は不明な山姥(やまんば)、露葉(つゆは)が、首を巡らして声をかける。

お恋は三間続きになった広い室内を見渡した。浮世の粋(すい)を尽くした絢爛豪華(けんらんごうか)な空間。真ん中の部屋では女子が一人、三ツ布団の上にだらしなく寝そべり長煙管(キセル)をくわえていた。

「いい。百人一首なんてガキのすることさね」

黒羽屋の一番人気、花魁の瑠璃はふうっと気怠げに煙を吐いた。

「けどさ、そうやって煙草ふかしてるだけってのもつまらないじゃない？　こっちおいでったら、ねえ、ねえってば」

「わあったよもう。やります、やりますぅ」

露葉からの再三の誘い文句に応じ、瑠璃は口を尖らせつつ重い腰を上げた。

「よぉし、判ってるなお前ら？　やるからには全力だぜ？」

がしゃの発言に全員が頷く。一拍の間を置き、お恋は畏まったように咳払いをした。

取り手の一同が畳の上に並べられた木札へと目を据える。座敷に張り詰めた緊張が漂う。

「田子の浦にぃ……」

「どぅおおるああああっ」

野太い声を発しながら畳に向かい倒れこんだ瑠璃に、妖たちは全員、身を引いた。

「ほぉら。富士の高嶺に雪は降りつつ、だろ？　百人一首は全部頭に入ってるし、楽勝、楽勝」

木札をぷらぷらと揺らしてみせる瑠璃の顔は、どこか得意げだ。

「お前、怖いんだけど。今の声ってどうやって出したんだ？」

「ねえ瑠璃？　全力を出すのはいいことだと思うけど、女子らしさみたいのも、ね？

忘れないように、ね？」

「お前らがやれって言ったんだろッ」

なぜか涙目になった瑠璃を見て、お恋は声を上げて笑った。そのうち笑っていることと自体が可笑(おか)しくてたまらなくなり、腹を抱える。

「あっひゃっひゃ、ひい、ははは」

畳を笑い転げる狸。顔を見あわせるその他一同。不思議な間が流れる中、誰かが吹き出したのを皮切りに、全員で大笑いを始めた。

「あら賑やかだと思ったら。皆、今日も集まってたんだね？」

と、部屋の襖(ふすま)が開いて一人の遊女が顔をのぞかせた。

「おお津笠(つかさ)っ。今日も今日とてべっぴんだな」

「津笠さん、こんばんはっ」

嬉しそうに声を弾ませる髑髏と狸に向かい、津笠もにっこりと挨拶(あいさつ)を返した。津笠は黒羽屋で三番人気を張る売れっ妓(こ)だ。

「ねえ、これから宴を始めるんだけど、津笠も一緒にどう？」

「ありがとう露葉。でも今晩は上客が来るから難しいかな。また今度、誘ってちょうだい」

津笠の返答に妖たちはつまらなそうな顔をする。彼らは皆、瑠璃と同じくらい、津笠に会えるのを楽しみにしていたのだ。

「なあ津笠、何だか顔が疲れてるように見えるぞ。あんまり無理すんなよ」

「瑠璃こそ無理しないでよ？　ついこないだも任務があったんでしょ。ゆっくり休んでね」

人気の一番と三番を誇る瑠璃と津笠は、親友の間柄であった。

――親友かあ。いいな、素敵だな。

二人のやり取りを後ろから見ていたお恋は、ふと羨ましさが胸に生まれるのを感じていた。

――私にもいつか特別な親友ができるかしらん。でも、それって……。

贅沢な考えだろうか、とかぶりを振る。

思えば長い間、自分には友と呼べる存在がいなかった。行く当てもない、孤独な信楽焼だった自分。それがこうして様々な人や妖と出会い、ともに遊び、笑いあえるようになったのは、ひとえにこの女子のおかげだ。

「あん？　どうしたお恋、ぼーっとして」

津笠を送り出して襖を閉めた瑠璃が、お恋の熱い視線を察してしゃがみこむ。

「えへへ。お気になさらず、ですよう」

片眉を上げる瑠璃に向かって、お恋は満面に笑みを広げてみせた。

「変な奴だな……まあいいや、それよか油坊はいつになったら来るんだ？　あいつの酒が飲みたくて場を用意したってのによ」

その名前を改めて聞いた瞬間、お恋は自分の胸がトクンと高鳴るのを感じた。

「あ、今日は油坊さんも、来るんですね」

意識すればするほど声が震えてしまう。瑠璃の部屋へ遊びに来るようになって三年ほど経つが、この感覚にはどうにも慣れない。

油坊は怪火を操る妖、油すましである。普段は江戸のとある山にひとり暮らしているのだが、酒造りが趣味で、時たま瑠璃の部屋を訪れては自作の酒を皆にふるまってくれる。

何を隠そうお恋は、この油坊という妖に、特別な淡い感情を寄せていたのだった。

「……やっぱりお前に〝恋〟の名をつけたのは、我ながら正解だったみたいだな」

もじもじとするお恋の心中を汲み取ったのか、お恋の名付け親である瑠璃は、訳知り顔でにんまり笑っていた。

「やい瑠璃、何でお恋にはよく考えて名前をつけたのに、俺のは適当だったんだ？」

と、髑髏が急に横やりを入れてきたものだから、瑠璃は一転してうんざりした顔になった。

「がしゃどくろのがしゃ。判りやすいことこの上ないじゃねえか。人が丸一日、練りに練って考えた名前だってのに何が不満だ」

「練りに練……っ」

「もう諦めなよがしゃ。大丈夫、あたしはお前さんの言いたいこと、ちゃんと判ってるから」

言葉に詰まってしまった骸骨を露葉がなだめる。片やお恋は、はにかみながら話を戻した。

「花魁に出会えなかったら私、今も名無しの権兵衛(ごんべえ)だったと思います。新しいご主人ができて名前までつけてもらえるなんて、私は本当に運がいいですよっ」

吉原に来てよかった、と感慨深くつぶやく。が、対する瑠璃は、訝(いぶか)しげに眉をひそめていた。

「新しいご主人て誰だよ、まさかわっち？　あのなあお恋、わっちはお前の主人になった覚えはないんだけど」

お恋は動転した。てっきり瑠璃が新たな主人となって自分を受け入れてくれたと思っていたのに、違ったのだろうか。受け入れてもらえたと思っていたのは自分の独(ひと)り善(よ)がりだったのか――お恋の心に、靄(もや)が立ちこめた。

すると髑髏がまたも水を差してきた。

「なあ瑠璃、何で〝お恋〟なんて乙女みてえな名前にしたんだよ？」

がしゃの口ぶりは、まるで腑に落ちないとでも言いたげである。

「だってお恋は乙女じゃねえか」

「そりゃお前よかよっぽど乙女だけれども」

がしゃの肋骨に瑠璃の肘鉄が入った。

「ぐあっ……けどよ、けどよう」

「もうがしゃ、いい加減におし。乙女らしい名前でいいじゃない。本人も気に入ってるんだし、ねえ？」

露葉の発言に、狸はうんうんと頷く。だが髑髏は尻すぼみになった声をまた大きくした。

「けどよ、お恋は……雄じゃねえかっ」

「はえ？」

オス、とは、これいかに。狸は首を傾げる。

「おいがしゃ、その辺にしとけ」

瑠璃の声音が低くなった。ちらとお恋の顔を盗み見る様子から察するに、がしゃの言葉を聞かせまいと焦っているようだ。

「あはは、がしゃさんてば、何を言うかと思えば。私はオスじゃありませんよ」

「じゃあその股にぶら下がったでっけえ玉は何なんだ」

「おやめっ」

露葉の平手打ちが髑髏の顔面に炸裂した。

お恋は自身の腰元を見つめた。確かに大きな玉が二つ、ぶら下がっている。これは付喪神になる前から持っていた大福帳と瓢簞(ひょうたん)をしまう、袋のようなものだ。玉は驚くほどよく伸びて、物を挟んでおくのに最適だった。着物で言うところの袂(たもと)だろうと思っていた、が。

「その玉はなあ、お恋。き――」

「それ以上言ったら承知しないからっ」

露葉がもう一発、拳を繰り出す。しかし殴られた髑髏はむきになったらしく、山姥の手から逃れつつ叫ぶように声を張った。

「き……離せ露葉、それはなお恋、金玉だッ」

「きん、た……?」

「てめえがしゃ、言いやがったな」

瞬間、瑠璃は弾かれたように立ち上がるが早いか、がしゃに強烈な鉄拳をお見舞いした。

——嘘。じゃあ、じゃあ私は……メスじゃない、ってこと……?

髑髏の悲痛な叫び声を聞きながら、狸の頭は、真っ白になっていった。


吉原を飛び出してがむしゃらに走るうち、お恋はどことも知れぬ川沿いの町に辿り来ていた。

「花魁はこの袋が〝金の玉〟だって知ってたんだ。知ってて私に女子の名前をつけるなんてひどいよっ。花魁のばか、あんぽんたんっ」

時折、冷たい風が吹いて茶色の毛を揺らす。お恋はぶるると身震いして首を縮こめた。

──ううっ、やっぱりまだ寒いなあ。もう冬は終わったはずなのに。

ふと、瑠璃の部屋の暖かさを思い出す。大きな獅子嚙火鉢(しがみひばち)にあたり、美味(うま)い飯をたらふく食べて幸せいっぱいの自分を想像する。

だが瑠璃に「大嫌い」と叫んで飛び出してきた以上、もはやあの部屋の光景も暖かさも、早く忘れるべきだろう。

「花魁の顔なんて、もう二度と見たくないっ」

威勢よく独(ひと)り言(ご)ちると、お恋は大股で歩を進めていく。しかし突如として小石につまずき、顔から地面に倒れてしまった。

「いてっ。はあ危ない危ない、長いこと忘れてたけど、夜って暗いんだな……」

江戸に八百八町ありといえど、深夜でも灯りがともっているのは吉原くらいだ。昔なら夜道に心許なさを感じることはなかったが、吉原の明るさに慣れてしまったからか、今はどうにも物寂しい。

──そういえば花魁と出会った時も、ちょうどこんな寒い夜だったっけ。

瑠璃のことはもう考えまいと思いつつも、お恋はいつしか小さな胸の内に、瑠璃と出会った三年前のことを思い起こしていた。

その日の夜は、特に寒さが身に染みた。もうすぐ本格的な冬が来るのだろう。瀬戸物の体から毛のある姿に変化できるようになって以降、狸は寒い冬が嫌いになった。

変化ができなかったあの頃は、どれだけ寒くてもへっちゃらだったのに。

「今日は、どこで寝ようかな」

適当な寺や神社の軒下にしようか。けれど冷たい風が容赦なく吹いてくるし、また野良猫に引っ掻かれてしまうかもしれない。

さまよい歩くうち、体は砂や泥にまみれて随分と汚くなった。

狸の目から、ぽろ、と涙の粒がこぼれた。

「ご主人、どこに行ったんですか。私、やっと動けるようになったのに。やっと、お話しできるようになったのに……」

と、道の向こうから誰かがやってくる気配がして、狸の顔がたちまち強張った。

自分の足で歩けるようになってから、気づいたことがある。人は動いて喋る信楽焼を、異常なまでに恐れるのだ。ある時は「化け狸」と引きつった悲鳴を上げられ、またある時は「悪霊退散」の札を手にしつこく追いまわされ、他にも――挙げだしたらきりがない。

「ご主人なら、私が動いても喋っても、きっと受け入れてくれるのに」

暗がりに隠れて人をやり過ごしてから、狸は前足でごしごしと涙を拭いた。

「泣くのは終わり。歩くんだ。ご主人に会えるまで、絶対に諦めない」

その時、突風がびゅうと吹いて、首にかけた笠を持ち上げた。

「あっ、駄目、待ってっ」

狸は慌てて走りだした。

――あの笠がなかったら、ご主人は私に気づいてくれないかもしれない。

懸命に駆けれども、夜空に舞い上がった笠は瞬く間に自分から離れていく。狸は歯を食い縛って追いかける。

笠はやがて回転しつつ速度を落とし、民家と思しき家屋の瓦屋根に落ちた。狸は短い四つ足を駆使して大急ぎで家屋の壁をよじ登る。

息せき切ってようやっと、屋根に前足を引っかけた時。

狸は叫び声を漏らしかけた。

――こんなところに、何で人が……？

屋根の上には女が一人、狸に背を向けて佇んでいた。白い長襦袢を着て髪をおろした女は、屋根の上から町を眺めているようだ。

なぜこんな夜更けに、しかもたった一人で、屋根の上なんぞにいるのだろう。瓦屋根に落ちた笠を回収した狸は、どこか切なげな女の背を見つめてしばし逡巡した。

勇気を出して話しかけてみようか。だがおそらくは今までと同様、怖がらせてしまうだけだろう。そう思い至って静かに踵を返す。

パキ。踏みしめた瓦が、乾いた音を立てた。

女がこちらを向く気配を感じた狸は背後を顧みる。そして女の顔を見るや、声を失った。

女の目には眼球がなかった。空っぽの眼窩と、大きく耳まで裂けた口を歪め、顔中に真っ黒な笑みを広げている。その額からは、一寸ほどの角が突き出ていた。

「……っ」

茶色の毛がぶわ、と逆立つ。狸は死に物狂いで駆けだし、屋根の上から一息に飛び降りた。鞠のごとくゴロゴロと地面を転がる。

——い、今のは何っ？　妖、じゃないよね？

月明かりの下でおののく狸の影。そこにゆっくりと、女の影が、覆い被さるように重なった。

狸はおそるおそる首を巡らせる。

屋根の上にいたはずの女が、音もなく自分の後ろに立っていた。

「イヤアアお化けえええっ」

目をひん剝いて絶叫する狸を、女は空洞の目で眺めていた。月を背にニタニタと歪な笑みを浮かべ、無言で狸に視線を注ぎ続ける。

見つめあう女と狸。ややあって狸は叫ぶのをやめた。女の表情を見るうち、あることに気がついたのだ。

──この人、笑ってるんじゃない。

「あなたは、どうして、泣いてるんですか？」

だがこの問いは、女の何かを刺激したらしい。女の白い肌がたちどころに黒く染まり、爪が鋭く伸びていった。

女の容貌が変わっていくのを、狸は慄然と見ていることしかできない。対する女はさらに笑みを深め、いきなり右腕を振り上げた。

夜闇にギラリと光る爪。死を覚悟した狸はその場で強く目をつむる。

まぶたの裏に、主人の顔が朧げに浮かんだ。

──やっぱり冬なんて、大嫌いだ……。

ザン、と肉を断つ音がした次の瞬間、辺り一帯に女の悲鳴が響き渡った。

「ちっ急所を外したか。すばしっこい鬼だな、面倒くせえ」

気怠げな声を聞いて、狸は薄く目を開いた。

視界に飛びこんで来たのは、黒い着流しをまとった、華奢な背中。鍔のない刀を肩にかけ、狸と女の中間に立つ黒ずくめの顔には、不気味な能面が着けられていた。

——この人は、一体……。

狸はその黒ずくめから目を離せなくなった。心身に感じていた恐怖と寒さが、不思議と少し、和らいだ気がした——。


翌日。

「ええくそ、あの冷徹お内儀めっ」

自室に入るや否や、瑠璃は宙に向かって苛立ちをぶちまける。

「労いの言葉も一切なしで、もう次の任務の話ときやがった。こちとら廓の仕事にもまだ慣れてねえってのに、んがあああっ」

ダンダンと足を踏み鳴らしていた瑠璃の視線が、はたと床の間に留まった。

「……何この狸。信楽焼かな」

腕組みをして狸の置物を睨む。と、何事か思い至ったようにぽんと手を打った。

「ああそうか、客からの贈り物だな。きっと変態の喜一さまが面白がって寄越したんだ。医者のくせに暇な男だよ」

瑠璃が背を向けたのと同時に、瀬戸物の体に変化していた狸は内心で胸を撫で下ろした。

「……ってそんなわけあるかあぁっ」

「ヒィィッ」

不意打ちで振り向いた瑠璃の形相があまりに恐ろしく、たまげた狸はつい変化を解いてしまった。ばいん、と音がして瀬戸物の体が毛だらけになる。

瑠璃の顔つきがますます険しくなった。

「お前、昨日鬼に襲われかけてた狸か？　いつの間にかいなくなって妙だと思ったんだが、付喪神だったとはな」

射るような視線におびえつつ、狸は必死に頷いた。

「あ、あの時はもう怖くて怖くて、あなたが鬼さんと戦ってるのを、隠れて見てたんです」

狸の窮地に現れた瑠璃はあの後、刀を振るって颯爽と女の鬼を退治してしまった。

その様に神々しさを感じた狸は、思うところあってこっそり吉原までついて来たのである。

「……あのう、あなたは鬼さんが怖くないみたいでしたけど、もしかして私のことも、怖くないんですか」

「はあ？」

瑠璃の大きな声に、我知らず背筋が伸びる。

「お前みたいな妖がここに転がりこんで来るのは初めてじゃねえんだ。怖かねえ」

物言いは極めて無愛想だが、瑠璃の声には、どこか安心できる響きがあった。

ほっ、と狸が一息ついた矢先。

「よう瑠璃、どうしたんだ？」

不意に声がしたかと思うと、出窓から男がひとり、軽やかに部屋の中へと入ってきた。

「お、油坊か。いいとこに来たな」

山伏(やまぶし)の出で立ちをした妖の、その精悍(せいかん)な顔立ちを目にするや、狸は寸の間、呼吸を忘れた。

「それがよ、珍客が来たからどうしようかと困っ――んん？」

油坊に事情を説明しようとした瑠璃が、狸を一瞥(いちべつ)して眉根を寄せる。

今や狸の瞳はキラキラと光り輝き、視線は熱を帯びてまっすぐに、油坊へと注がれていた。

——な、何なの、この感じ。

前触れもなく湧き起こった感情に、狸はうろたえた。どうしてこんなに胸がどきどきするのだ。自分はおかしくなったのか。

「これが、ときめき……？」

「ははっ。大方この狸も瑠璃に惹かれてついてきちまったんだろうさ」

「いや、明らかにわっちじゃなくてお前を見てるんだが」

狸と油すましの両者を見比べていた瑠璃は、しばらくして疲れたように嘆息した。

「おいお前、どっから来たんだ？　信楽焼なら持ち主がいるだろ。場所は？」

問われた狸は、ふっと瞳を曇らせた。

「……判らない、です」

涙声を聞いて焦ったのか、瑠璃が油坊に目で助け舟を求める。油坊も弱った様子で首筋を掻いた。

「行方知れずになったってことか。じゃあお前は、持ち主を探してここまで来たんだな？」

狸は頷いた。

「ご主人は、女子ひとりで生活してる人だったんですけど、骨董市で買った私をとっても可愛がってくれました。毎日いっぱい話しかけてくれて、体を磨いてくれて……」

ところが冬のある日、彼女は突然、姿を消してしまった。

もしや主人は、どこかで迷子になってしまったのではないか。身寄りのない人だから困っているに違いない。そう考えると矢も楯もたまらず、気づけば狸は夜の町を駆けていた。

毛のある体に変化できること、人の言葉を話せるようになったことに気づいたのは、まさにこの時であった。

「器物が百年かけて付喪神になった瞬間か。お前、よほど大事にされてたんだな……というかお前の主人、旅にでも出てたんじゃねえの？　元いた場所に帰れば会えるだろ」

「それが、色んな町を歩いてるうちに帰り道が判らなくなっちゃって」

出たよ、と瑠璃は天井を振り仰いだ。

「どうして妖ってなこうも後先を考えねえ奴ばっかなんだっ。つまりあれか、お前が家に帰れるよう、わっちに手伝えってことかよ」

「お願いしますっ。私を見て悲鳴を上げない人は、あなたが初めてなんです。他に頼れる人もいないし、どうしていいか判らなくて」

　狸の弁を聞いた瑠璃は、さも不機嫌そうに眉間の皺を深くした。

「ここは駆けこみ寺じゃねえんだが？」

「うっ」

「……ま、信楽焼に床の間を占領されたんじゃ困るしなあ。しゃあねえ、手伝ってやるよ」

　俯いた狸の顔に、たちまち希望が差した。隣で油坊も「そうこなくちゃな」と相好を崩している。

「話を聞いたからには俺も手伝おう。なあお前、どの方角から来たかは判るか？」

　狸は懸命に頭を回転させた。

「たぶん、お江戸の西だと思います」

「なるほど。じゃあどれくらい歩いてここへ来た？」

「百年くらいです」

　その瞬間、油坊と瑠璃が表情を硬くしたのが判った。二人は互いに視線を交わし、同時に下を向いてしまった。

「妖でもない限り、望みはないな……」

「え？」

胸がざわとする。一体、どういう意味だろうか。

しばし黙した後、瑠璃は狸を正面から見た。

「いいか、よく聞くんだ。お前の主人は、おそらくもうこの世にいない」

「瑠璃」

遮ろうとした油坊を横目で制して、瑠璃はなおも続ける。

「今はっきりしとかねえと、こいつはいつまでも歩き続けるだろ……妖の寿命と人の寿命は違うんだ。お前の主人は……」

「な、何でそんなこと言うんですかっ」

大声を上げた狸に、瑠璃は些か驚いた風だ。しかし話すのをやめようとはしない。

「お前、もしかして判ってたんじゃないか？　お前の主人が、もう死んでるってことを」

死。その言葉を聞いた途端、狸の目からぼろぼろと涙が流れた。

脳裏に蘇ったのは主人の面影。百年前、あの寒い冬の日、風邪をこじらせて見たこともないほどやつれた彼女は、何度も苦しげに咳きこんでいた。

――そう、この人の言うとおり、本当はとっくに判ってた。だから私は、冬が嫌いなんだ。

百年もの間、狸は主人の姿を求め江戸の方々を歩きまわった。そうして人々の暮らしを遠目から見るうちに、悟ってしまったのだ。

妖とは違って人の体は脆く、病に罹ればあっという間に死んでしまうのだと。

「私、ご主人にもう会えないなんて信じたくなくて、人が妖ほど長生きできないことを、知らんぷりしてたんです。ご主人との最後の日を、思い出さないようにしてたんです」

思い出すたび現実から目を背け、記憶に蓋をして、狸は終わりのない旅をした。歩いていればいつか必ず、主人と再会できると自分に言い聞かせて。

「ご主人、死んじゃったんだ……ご主人、私のご主人……」

狸の涙が次々に畳へと滴り落ちていくのを、瑠璃は静かに見つめていた。

「……お前さ、名前はあるか？」

出し抜けに聞かれ、狸は顔を上げる。

最後の記憶で主人は自分に名前をくれようとしていた。しかし何という名だったのか、これだけは今も思い出すことができない。

黙ったまま首を横に振ると、瑠璃は「そうか」と思案げにつぶやいた。

「だったら、わっちがお前に名前をやるよ」

「それはいい。がしゃも瑠璃に名前をつけてもらって喜んでたもんな」

狸は困惑した。この女子は、ひょっとすると自分を元気づけようとしてくれているのか。

「なあ瑠璃。俺からも名前を提案してみたいんだが、いいか」

油坊の発言を聞いて、胸の中にポッと花が開く。この素敵な方につけてもらう名前は、さぞや美しい名に違いない。

「ぽんぽこ狸の〝ぽん太郎〟さ。どうだっ？」

「え」

「ふうん。油坊お前、なかなかいい感性してるじゃねえか」

「え、えぇぇ……」

嫌ですとも言いづらく、狸の口から微妙な声が漏れ出る。ぽん太郎。この方につけてもらう名ならそのうち気に入るだろうか。この、笑顔がまぶしい方がつけてくれる名なら――。

「いや、やっぱ違うのにしよう」

どうやら狸の表情を見るうち、瑠璃の中でよい案が浮かんだらしい。がっくり肩を落とす油坊を尻目に、瑠璃は狸の瞳を覗きこんだ。

「お前の名は、お恋だ。〝恋〟と書いて〝れん〟と読む」

「お、れん」

その名を声に出してみた瞬間、狸の瞳から、またも涙の粒がこぼれ落ちた。

「い、嫌なのかよ。響きもいいのに」

ふてくされたような瑠璃の様子を察し、狸はぶんぶんと頭を振る。

「いいえ、何でもないんです……これ以上ないくらい素晴らしい名前だと思って。今日から私は、お恋ですっ」

涙を流しつつようやく笑った狸に、瑠璃もふんわりと目尻を下げていた。

——吉原での暮らしも、たった三年で終わりかあ。また旅が始まるんだ。当てのない、終わりのない旅が……。

夜道を歩くお恋の足取りは重い。

——でもいいんだ。花魁のところには、もう戻らない。

自分が雄の体をしていることを、瑠璃も他の妖たちも知っていた。知らなかったのは自分だけだったのかもしれない。おそらくは、油坊も——そう考えると女子の名をつけられて喜んでいた自分が、腹立たしく思えた。

「花魁は、私のご主人じゃないって言った。きっと女子の名をつけて私をからかって、楽しんでただけなんだ」

ならばまた旅をして、新しい主人を探せばよいだけのこと。

そう考えて表情を引き締めた時、

「おや、こんな町中に狸が」

すぐ後ろで男の声がして、お恋は思わず飛び上がった。川の音が騒がしい上に考え事をしていたのも相まって、人が近づいてくるのに気づけなかったのだ。

今からでは身を隠せない。焦ったお恋はばいん、と瀬戸物の体に変化した。

「んんー？　これはよく見りゃ信楽焼じゃないか。何だってこんな道端に」

言いながら男は手にしていた提灯(ちょうちん)を地面に置き、信楽焼を両手で持ち上げた。恰幅のよい体つきをした男の風体は、大店(おおだな)の亭主といったところだろうか。

バクバクと刻まれる鼓動が男に聞こえやしまいかと思いつつ、信楽焼はひたすら沈黙を貫く。

「ふむ。なかなか愛嬌のある顔をしてるな。どこの窯元(かまもと)で焼かれて……んなッ」

狸の体を逆さまにし、底にあった焼印を確かめるや、男の目の色が変わった。

「こ、これは、大変だあああっ」

そう叫ぶなり、男は狸を抱えて走りだした。

——ちょ、ちょっと待って、どこ行くんですか。まさか勾引っ？

が、お恋は考え直す。もしかしたらこの男は、自分の新しい主人になってくれるのかもしれない。

——で、でも何かやだ、誰かああァッ。

かといって声に出して助けを求めることもできず、狸はただ、男に身を任せるばかりであった。

桐のいかにも高価な香りがする。お恋は自分が、桐箱の中に入れられたのだと理解した。

耳を澄ましてみるも男の気配はない。桐箱の上蓋を押し開けて、周囲を見巡らす。

「ここ、どこだろ……蔵の中？」

埃っぽい蔵の天窓から、月光が差しこんで来ている。蔵の中には大小さまざまな行李や、うずたかく積まれた箱の数々があった。中には剥き出しの仏像や茶道具、南蛮製と見られる甲冑などもある。

お恋はえっほえっほと行李の山を越え、戸口に向かう。すると戸の向こうから先ほどの男の話し声がした。

「ああそうだ、あの高名な陶工の作品で間違いない。禁裏への献上品ばかりでなく、あんな狸の置物まで作っていたなんてな」

どうして道に落ちていたかは知らんが、と男は二の句を継ぐ。男がほくそ笑んでいるのが、戸を隔てていても判った。

「何にせよ天からの贈り物に違いない。一体いくらで売れることか、ふひひ……おっとそうだ、今晩は特に警備を固めておくよう用心棒たちに伝えてくれよ」

男の足音が遠ざかった。お恋は渾身の力で戸を押してみたが、外から施錠されているのか、どれだけ押してもびくともしなかった。

「どうしよう、閉じこめられちゃった……」

男が何の話をしているかはよく把握できなかったが、とにかくこんな空気の悪い場所にいつまでもいられない。

天窓から脱出できないかと上を仰いだ時、バサバサと、近くで羽音が聞こえた。

「あの天窓からは出られない。外へ通じているように見えるが、南蛮の硝子がはめこんであるからな」

「だ、誰ですかっ？」

二羽の鳥が、狸のそばにあった行李の上で翼を閉じた。一羽は薄茶色の梟、もう一羽はお恋が見たこともない、黄色の羽を持つ小鳥であった。

おびえるお恋に対し、梟が再び口を開く。

「そう身構えなくたっていい。俺たちもおめさんと同じ、付喪神だ。俺は伊万里、そんでこいつの体も瀬戸物さ」

「綺麗な鳥さんですね……」

小鳥の黄色い羽がとても鮮やかで見目麗しく、お恋は思わず感嘆した。

「ホホッ、こいつは鸚哥って種類さ。珍しいだろ？　こいつの元々の生まれは泰西なんだ」

いわく、梟たちの主人は相当な変わり者だったそうで、もっぱら南蛮や泰西の舶来品などを好み、傍目にはガラクタにしか見えないものばかり集めては自室に並べていたという。

「こいつぁ置物として作られたんじゃなくて、元は湯呑にくっついてたお飾りだったらしい」

「アホンダラァ、湯呑なんて地味なモンと一緒にすんじゃねえ。美しく偉大なるティーカップだっつってんだろぉ？　ガハハハ」

「て、てーかっぷ？」

「違う違う、ティーカップだ。このすっとこどっこいさんめェ」

鸚哥の語気にたじろぐお恋とは反対に、梟はいつものことといった風に平然としている。

「堪忍してやってくれ。こいつは異国生まれだからよ、日ノ本(ひのもと)のきれえな言葉づかいにゃ、ちと不慣れなんだ」

――異国で生まれたのと口が悪いのって、関係あるのかなあ……。

と、お恋はようやく大事なことを思い出す。

「あの、ここはどこなんですか？　おふたりはどうしてここに？」

尋ねられた梟は、大きな両目をつむった。

「ここは柳原(やなぎわら)土手の近くにある骨董屋だ。俺たちやおめさんを連れてきた男は骨董屋の亭主。俺たちは、売られるためにこの蔵の中に閉じこめられてるのさ」

「何ですって」

お恋は目の前が真っ暗になった。放心してしまった狸を見て、梟は首をひねる。

「もしやおめさん、主(あるじ)が健在なのか？　あの男に盗まれてここへ来たのか」

主、と聞いてお恋は我に返った。

――ううん。花魁は、私のご主人じゃない。

ならどこへ売られようと構うことではないではないか。売られた先で、自分を大切にしてくれる者と出会えるかもしれないのだから。

お恋は自らの生い立ち、そしてこの蔵へ来るまでの経緯を語った。

「……そうか。おめさんもなかなか大変な人生、もとい、妖生を送ってきたんだな」

静かに話を傾聴していた梟が、そっと述べる。片や鸚哥は早々に飽きてしまったらしく、金の仏像の頭上で大鼾をかいていた。

「だがおめさん、本当にいいのか？　その、花魁？　とかいう女子と一緒にいるのが楽しかったんだろう？」

「いいんです。私がいなくなってもどうせ、花魁の生活には何の障りもないでしょうから」

そう笑ってみせたお恋だったが、ふと、胸に小さな痛みを覚えてうなだれた。

――このまま花魁と、喧嘩別れになっちゃうのかな。

梟は瞬きをしつつ、狸の様子を食い入るように見つめていた。

「ふむ、なるほどな……じゃあ今度は、俺の話をしてもいいか？」

お恋はきょとんと視線を上げた。

「ホホッ、あの鸚哥以外に話し相手を見つけるのが初めてなモンだから、少し自分語りをしたくなってな」

「は、はい、もちろんいいですとも」

行李の上に正座して聞く姿勢を作ると、梟は嬉しそうに頷いた。

「俺たちの主は木挽町にある芝居小屋の、座元だったんだ。けど三年前、俺たちゃ主の遺品として、この骨董屋に売られちまってな」

「遺品って、じゃあ梟さんのご主人は……」

そうだ、と梟は言葉を継いだ。

「主はたいそう酒好きな男でよ、酒の飲みすぎで急にぽっくり逝っちまったんだ」

付喪神になり羽ばたけるようになったのは、骨董屋に売られてからだったという。

「蔵の中に閉じこめられてた三年間、俺たちはずっと心に決めてたんだ。次に外へ出られる機会が来たら、主の〝夢〟を果たすために、旅に出ようって」

梟たちの主人は、芝居役者として見識をより深め、より多くの人に芝居の素晴らしさを伝えたいと常々、漏らしていたそうだ。

芝居の興行をしながら日ノ本中を巡り、演目の基となった物語の地を見てまわる。

　これが、彼の秘めたる夢だった。

　しかし彼は夢を口にする時いつも、哀しげな顔をしていたという。

「主には二人の子どもがいたんだが、これがまたとんでもなく厄介(やっかい)な兄妹でな。女形(おやま)を演じてた息子は主に反発してばかり、娘に至っちゃ主以外の人間とろくに会話もしたがらねえ、いわゆる引きこもりだった」

　おまけに兄妹は犬猿の仲だったそうで、父親の死後、家長になった息子はあろうことか妹を家から追い出してしまったという。なおかつ父親の遺品を、梟と鸚哥の瀬戸物も含め、すべて売りに出したのだった。

　子らの険悪な関係は梟たちの主にとって頭痛の種で、生前、父親としてどうするのが正解なのかと自室で幾度も嘆いていたらしい。そんな子らを引き連れて旅に出るのは、なるほど困難と言う他なかったであろう。

　主自身、夢が叶わぬものと知っていたのだろうと梟は振り返った。

「底抜けに明るくて奔放で、毎日がお祭りみたいな男だったが、主はいつだって子どものことを一番に考えてたんだ。だから余計、夢を果たせず死んだ主の気持ちを思うと……俺ぁ何だか、胸が苦しくなってな」

　こうして梟は旅に出ることを決意した。

亡き主人に代わり、彼の夢を果たすために。

「相棒はいつもあんな調子だが、どうやらあいつも、俺と同じ考えだったみたいでよ」

ちら、と梟は眠りこける鸚哥を見やった。

「俺たち妖は、人よりずっと長生きする。夢を代行することが、長寿な俺らが主のためにできる、唯一のことだと思ったのさ」

「ですけど、梟さんたちが旅をしても、梟さんたちのご主人が生き返ることはないですよね」

お恋のつぶやきを受けて、元から丸い梟の目がいっそう真ん丸になった。

「あ、ご、ごめんなさい。私、何てひどいことを……」

「ホホ、いいんだ、気にするな。おめさんの言うとおりだからな」

気さくに返すと、梟は天窓を見上げた。

「何でかなあ、俺は主のことが大好きで大好きで、今も忘れられないんだよ」

梟の瞳に月光が反射する。主人と過ごした日々を思い起こしているのだろうか。その姿が何とも侘しげで、お恋は胸がきゅうと締めつけられる思いに駆られた。

「この蔵を見れば判るとおり、人間の中にゃ器物を単なる物としてしか扱わねえで、いらなくなったらポイと売り捨てしちまう奴がほとんどだ。でも、たまにいるんだよ。俺たちや、おめさんの主のように、器物を〝生きたもの〟として大切にしてくれる人間が」

　そうした人の心に触れ、人の営みを見ていたからこそ、自分は魂を得て付喪神になれたのだと、梟は述懐した。

「人間ってやつはさ、俺たちにゃよく判らねえことでヤキモキしたり、泣いたりするだろう」

　お恋は首肯した。梟の話を聞くうちいつしか、心の内には瑠璃の顔が思い浮かんでいた。

「めいっぱい笑って、怒って、時には一人で思い悩んだりなんかして、そういう人間の目まぐるしさってな理解に苦しむけどよ……見てると何でか、胸の辺りがぽかぽか温かくなるんだ。ずっと見続けたいと思うんだ。できる限り長く、できる限りそばでな」

　梟は夜空を仰いでいた視線を下ろし、お恋の顔をとっくりと眺めた。

「俺も相棒もまだ、主以外の人間と暮らそうって気にはならねえ。でもおめさんは、違うんじゃないのか」

お恋は梟の瞳を見つめ返した。

――そうだ。花魁はいつもぶっきらぼうだけど、綺麗で、強くて……温かい人だ。

瑠璃が退治する鬼は、いずれも恨みや哀しみを抱いて死んだ者たちだ。そんな鬼たちの話をする時、瑠璃は常に面倒そうな口調で平静を装っていたが、一人きりになると様子が違った。

心がどこか遠くに行ってしまったような顔をして、ぼんやりと虚空を見つめる瑠璃の姿を、お恋は何度か目にしていた。

――私たち妖は歌って踊ってすぐ楽しい気分になれるけど、鬼さんはきっと違うんだろうな。

哀しみを内に秘めたまま、鬼は独りぼっちで浮世(うきよ)をさまよい、笑い続ける。

――私、知ってるんだ。花魁が本当は鬼さんのことを考えて、一人で悩んでるってこと。

誰もいない部屋で虚空を見つめながら、瑠璃は胸中で、鬼の笑みの裏側にあるものを思っていたのだろう。

だからこそお恋は、瑠璃に心惹かれたのだった。それは付喪神のお恋だけでなく、髑髏や山姥、他の妖たちも同じらしかった。

　中でも露葉は以前、こんな話をしていた。

　かつて山姥は「人肉を好む」と噂され、人に恐れられていた。だが一人だけ、噂が出鱈目だと気づき、露葉の心に寄り添った男がいたという。その男は人であるがゆえに、あまりにも早く老いて死んでしまった。

　露葉はこう言っていた。その男と瑠璃は性別も気質もまるで違うが、感じる温もりは、とてもよく似ていると。

　――でも、花魁もいつか、私たちより先にお天道さまの上に行っちゃうのかな。

　大嫌いと叫んだ時の、瑠璃のはっとしたような、寂しそうな表情が、お恋の胸に迫った。

　できる限り長く、できる限りそばで。梟の言葉が心に染み入るようだった。

　もしもこのまま、どこかに売られてしまったら。瑠璃とは二度と会えないかもしれない。二度と、永遠に――。

「梟さんっ、私、帰らなきゃ」

　勢いよく立ち上がったお恋の顔つきを見て、梟は深々と頷いた。

「そう言うと思ったよ。じゃあさっそく、この狭い蔵から脱出しようじゃないか」

「何か策があるんですか？」

「まあな。おい相棒、いい加減に起きろっ」

梟は鸚哥を叩き起こすと、お恋を蔵の隅へ誘った。お恋は梟に言われるがまま、隅の壁に目を凝らす。

漆喰の塗られた壁の一部に、何かで削ったような窪みが見てとれた。

「俺たちだって三年の間、何もしなかったわけじゃない。少しずつ嘴で漆喰を削って、壁に穴を作ってたのさ。なあ相棒？」

「おうよ、ここの亭主の目を盗んで日々コツコツ、コツコツとなあ……涙ぐましいにも程があるぜ」

鸚哥は大げさに泣き真似をしてみせた。

とはいえ彼らの小さな嘴では、三年かかっても穴を貫通させるには至れなかったようだ。

「あと少しで穴が開くと思うんだがなあ。お恋、おめさんの力で何とかならねえか？」

「で、でも私、そんなに力持ちじゃないし、持ち物だって大福帳と瓢箪くらいだし、あとあるとすれば……」

言いつつお恋は自分の腰元に視線をやった。吉原を飛び出すきっかけになった、小憎らしい二つの玉。複雑な心境で玉を見つめていたお恋であったが、しばらくして唐突に閃いた。

「ねえ梟さん、この蔵にこれくらいの大きさの、硬いものって何かありません？」

「ああ、それならあの兜なんかどうだ」

梟が示したのは南蛮製の甲冑だった。お恋は急いで甲冑によじ登り、銀の兜を取り外す。

何をするつもりなのかと興味津々な鳥たちの注目を浴びながら、狸は腰元にぶら下がる玉と玉の間に、兜を挟みこんだ。

「やんっ。冷たい、ぞわぞわするぅ」

気を取り直して二つの玉に意識を集中させる。すると兜を挟んだ玉が、むくむくと、狸の背丈と同じくらいの大きさに膨らみ始めた。

「す、すごいじゃねえかお恋」

「ガハハッ、こりゃあ立派な金玉だぜっ」

「おふたりとも、離れてててください」

お恋は腰を左に振る。その動きにあわせ左に揺れる玉。狙いを定めると、今度は勢いよく腰を右に振る。

「おりゃあああっ」

ブン、と風を切る音がして、一つの玉の間に固定された兜が、壁の窪みに命中した。

硬い兜が当たった衝撃で、漆喰がぱらぱらと砕け落ちる。壁にごく小さな穴が開き、中から外が見えるや、梟と鸚哥は歓喜に沸いた。

穴を広げるべく、お恋は再び腰を左に振る。膨らんだ玉が近くにあった行李や木箱の山を崩す。兜が壁に当たる衝撃音。漆喰の欠片が落ちる音。そのたび歓声を上げる鳥たち。次第に壁の穴は大きくなっていった。

「あと少し、もう少しで出られるっ」

お恋は荒く息継ぎをしながら、さらに己を鼓舞した――が、その時。

「いけねえ、誰か来るぞっ」

鸚哥が叫ぶのと同時に、ガチャ、と鍵の外れる音がした。

「まずい、ここの亭主だ。早く元の位置へっ」

梟に促されたお恋は慌てて兜を放り出した。玉を元どおりに萎ませ、桐箱の中へと飛びこむ。

「誰かいるのかっ？」

骨董屋の亭主が怒鳴りながら蔵に入ってきた。鋭い目で蔵の中を見渡すも、人影はない。その代わり狸が玉を振りまわして崩した行李の山が、亭主の目に入った。

「ああ銀の甲冑まで倒れて。そろそろ蔵を整理せにゃならんかなあ」

どうやら亭主は行李や甲冑が自然に倒れて音を立てたと思っているらしい。

「な、何だこの穴は、鼠の仕業かっ？　やれやれ、朝になったら大工を呼ばないとな……ところで」

壁の穴を見ていた亭主は、突然くるりと見返って桐箱に目を据えた。

「うひょひょ、善は急げで浜町へ遣いをやって正解だった。喜一さまは珍しい物好きだからなあ、さぞ高く買い取ってくれるだろう」

亭主は舌舐めずりをしながら桐箱に歩み寄り、中を開く。

「ん？　いかんいかん、逆さまになっているじゃないか。金の卵は丁重に扱わねば……さあて、明日に備えて磨いておくとしようか」

亭主に瀬戸物の体をなぞられながら、お恋は内心で焦った。

――どど、どうしよう。私、明日にでも売られちゃうの？

何とかして逃げねばと思考を巡らせど、よもや亭主の目の前で変化するわけにもいくまい。

逆さまにされた状態で視線を這わせると、瀬戸物に戻った梟と鸚哥の目がこちらを見ているのに気がついた。彼らも落ち着きなく瞬きをしているが、やはり亭主の前では為す術がない。

――あと、もうちょっとだったのに。

あれだけの衝撃音を立てれば、亭主がすっ飛んで来るのも当たり前のことだ。しかし一刻も早く脱出することしか考えていなかった付喪神たちは、それが頭から抜けていた。

妖というものは後先を考えない。三年前に瑠璃が苦言を呈していたことが、こんな形で現実となって自分を追いこもうとは。

じわ、とお恋の目に涙が滲んだ。

――嫌だ、帰りたいよ。助けて、花魁……。

「ぎゃあっ」

突如、蔵の外で悲鳴がした。亭主が狸をなぞる手を止め、戸の方を振り返る。

「な、何奴だ貴様、盗人(ぬすっと)かっ」

「くそ、八丁堀に突き出してや……ぐあっ」

複数の男たちの悲鳴。外で戦闘が行われているらしい。狸を持つ亭主の手が震えだした。

「何てことだ、こんな時に盗人とは」

亭主は狸を抱えたまま戸の方へ走る。

まばゆい月光が、外へ出た狸の体を照らし出した。

「……見つけた」

蔵の外に佇んでいたのは、黒い着流しで細身の体を包み、顔に不気味な泥眼(でいがん)の面を着けた者であった。

黒ずくめの両脇には、おそらく骨董屋の用心棒だろう、二人の屈強な男たちがのびている。それを見た亭主は声を引きつらせた。

「き、貴様、こんなことをしてどうなるか判ってるのかっ。盗みは市中引き回しの上、獄門に架けられ……」

「やかましいッ」

黒ずくめに一喝されて、ひぃん、と亭主は情けない悲鳴を漏らした。

――あのお面、それにこの声……。

狸の目から、見る見る涙があふれた。

「盗人はてめえだろうが、ああ？　わっちの大事なモンを横取りしといて、偉そうな口利いてんじゃねえよっ」

亭主を指差して怒鳴るなり、黒ずくめは駆け、亭主の腹にきつい拳を叩きこんだ。うめき声を上げて膝をついた亭主の手から、信楽焼をひったくる。

「花魁、おいらあああん」

泣きながら自分を呼ぶ狸に向かい、能面を着けた瑠璃は深々と吐息をこぼした。

「ったくお前は、世話焼かせやがって。油坊の奴がいなけりゃ危なかったぞ」

聞けば、この蔵がある屋敷にお恋らしき瀬戸物が抱えられていくのを、油坊が目撃していたそうだ。かといって用心棒が周囲に配置されていたため助け出すことができず、黒羽屋の瑠璃の部屋へ駆けこんで来たのだという。

「うえぇん。油坊さん、大好きですう」

「それはわっちに言われても困――っと、悠長に話してる場合じゃねえか」

瑠璃は物々しい気配を感じて体の向きを変える。騒ぎを聞きつけた他の用心棒たちが、蔵の前に集まってきていた。

「ひい、ふう、みい、うげえ、七人もいるじゃねえか。随分と儲かってる骨董屋なんだな」

敵の数を数えてから、瑠璃はお恋を安全な地面に置く。

「人相手に戦うのは慣れてねえが……仕方ない。ちゃっちゃと終わらせてやる」

言うと腰に差していた妖刀の鞘から、刀身をすらりと引き抜いた。

「こ、殺しちゃうんですかっ？」

声を裏返すお恋に対し、瑠璃は「まあ見てろ」とだけ背中越しに返した。

用心棒たちが殺気を漂わせる。

「狼藉者(ろうぜきもの)が、ただで済むと思うなよ」

七人の用心棒は同時に抜刀した。掛け声を上げて瑠璃めがけ、一斉に斬りかかる。

七つの刃が風を切った時。

「……遅え」

瑠璃は素早く屈んだ。かと思いきや次の瞬間、用心棒たちの背丈よりも高く跳躍(ちょうやく)する。空中で身をひねり、妖刀を横に振るう。三人の用心棒が潰れた声を発して地に倒れた。

着地するや否や瑠璃は踵を返す。目にも留まらぬ速さで用心棒を次々に斬り伏せていく。

「馬鹿め、背中がガラ空きだ」

一人の用心棒が背後から斬りかかる。と、瑠璃は草履(ぞうり)を地に擦り、用心棒の顔に思いきり砂をかけた。

「ぐあぁ、目がっ」

「目潰しが効くなんて、相手が人間だとこうもやりやすいんだな」

不敵に笑い声を揺らしたかと思うと、妖刀を用心棒の腹に向かって豪快に振る。

用心棒は声もなく倒れ、ついに立っている者は、瑠璃とお恋のみになった。

「峰打ちだから死にゃしねえ。が、しばらくは動けないかもな。悪く思うなよ」

「すごい、花魁、さすがですっ」

傷一つ負っていない瑠璃を見て、お恋は嬉しさのあまり跳びはねた。

「さあて帰るぞ。黒羽屋で妖どもが心配してるからな」

「あ、ちょ、ちょっと待ってください」

何事かと尋ねる瑠璃をよそに、お恋は蔵の屋根に向かって声をかけた。そこにはすでに蔵から脱出していた梟と鸚哥の姿があった。

二羽の鳥たちは地面に降り立ち、呆気に取られた様子で瑠璃を見上げる。

「何つうマブい女だ……惚れたぜ」

「ようおめさん、前にどこかで会ったか？」

「はっ？　喋る鳥なんざ初めて……いや、そう言われてみればこいつら、特にそっちの黄色い方、見覚えがあるようなないような」

瑠璃は能面越しに鳥たちを凝視する。梟も目を眇め、瑠璃の全身をまじまじと見つめる。

「……おめさん、名前は何てんだ」

「瑠璃だよ」

梟は何事か思い巡らすようにうなった。

「うぅん。やっぱ人違いか、そりゃそうだよな……時におめさんよ、もしや貧乏なのか？」

「失礼な鳥だなおい、金に困ってなんかねえっての。むしろ人より持ってる方だ」

瑠璃は能面の内で鼻白んでいる。

「いやだって、金があるなら客として信楽焼を買い戻せばよかったのにと思ってよ」

息を呑んで固まった瑠璃に、その発想はなかったのか、と梟は脱力した。

「ま、それだけお恋を取り返そうと必死だったんだな。よかったじゃないか、お恋」

狸は会心の笑みを浮かべた。

「あの、梟さんと鸚哥さんも一緒に行きませんか？　吉原はいいところですよ。賑やかだし、私の他にも妖がいるし」

お恋の誘いを受けて、梟と鸚哥は互いに顔を見あわせた。言葉を交わさずとも気持ちで通じているのだろう、しばしの間を置いて、二羽は同時に頷きあった。

「ありがてえ話だが、俺たちはやっぱり旅に出るよ。主の代わりに日ノ本中を巡って、いつかは相棒の生まれた泰西にも渡ってみたいと思ってるんだ」

「そう、ですか……」

「何、何の話だよ？　なあお恋、おーい」

横から口を挟んでくる瑠璃を無視したまま、お恋はぐっと寂しさをこらえ、笑顔を見せた。

「おふたりに会うことができて、本当によかったです。旅のご無事を心から祈ってますよ」

梟と鸚哥はゆったりと瞬きをした。

「ホホッ、ありがとうよ……じゃあなお恋、元気でな」

「お前にも幸あらんことを祈るぜ。あばよッ」

二羽の鳥たちと別れた後、瑠璃とお恋は、吉原への夜道を並んで歩いた。

「よくよく考えりゃ、悪者は完全にわっちの方じゃねえかっ。瓦版に載らなきゃいいけど……」

瑠璃は乱暴な手段に出たことを今さら後悔しているらしかった。それもそのはず、あの骨董屋はお恋を盗んだわけではなく、盗人と思しき輩に刀を抜くのも当然の行為だ。真っ当な商いをしていた骨董屋の面々に対し、悪いのは──かって妖の向こう見ずな性分を嘆いていたにもかかわらず──明らかに、瑠璃であった。

やっちまった、と頭を抱えつつ、瑠璃は隣を歩く狸を見やった。心なしか気まずそうな表情をしてから、また口を開く。

「なあお恋。さっきのことだけどさ、まあ何つうか、お前の気持ちを考えると怒るのもよく判るし、だからさ……」

途端、ズサァ──とお恋は地面を滑るようにして手をついた。

「花魁、ばかって思ってごめんなさいっ」

「ば、ばか……？　てか土下座はやめろ、大げさなんだよお前はいちいちっ」

細い指に頭を撫でられる感触がして、お恋は視線を上げる。次の瞬間には飛び上がり、面食らう瑠璃の胸に勢いよく抱きついた。

「私、花魁のつけてくれたお恋って名前が好きなんです。だから、だからごめんなさいっ」

と、瑠璃はお恋の脇を持って抱き上げ、自身の目線の高さにあわせた。

「わっちの方こそ悪かったよ。お前に名前をつけた時、よかれと思って女子の名を考えたけど、まさか雄だって自覚してないとまでは思ってなかったんだ」

自分が女子だと信じて疑っていないのを察してからも、露葉と相談した末、隠し通すことに決めたのだという。

「けどあんな風に知ることになるより、ちゃんと前もって言った方がよかったよな。ちなみにがしゃの野郎は露葉ときっちり締め上げて粉砕しといたから……ごめんな、お恋」

瑠璃の瞳に、ふっと哀しげな影がよぎった。お恋は慌てて首を振る。

「いいんです。金の玉があっても、私は私ですからっ」

力強い言葉に、瑠璃は目元を和ませた。

「そうだな。たとえ金玉があっても、お前はお恋だ。わっちの大事なとっ、とと……友達、なことには、変わりねえ」

ぎこちなく目を泳がせる瑠璃を見て、お恋はようやく合点がいった。

――そっか……花魁はご主人になるんじゃなくて、私の、お友達になってくれたんだ。

思い返せば瑠璃は、廓における上下関係の類(たぐい)を嫌っている節があった。朋輩(ほうばい)との交流を不得手としているのは妖から見ても明らかで、お恋の知る限り、友人と呼べる存在は三番人気の津笠だけらしかった。

　瑠璃が望んでいたのは妖との対等な関係。自分の存在を受け入れてくれた事実は、何一つ変わらなかったのだ。お恋の心は喜びに満ちあふれるようだった。

　ところでよ、と瑠璃が狸を地面に降ろす。

「三年前さ、わっちが〝お恋〟て名前を提案した時、お前、泣いてただろ？　あの時は何でもないって言ったけど……」

　なぜ涙を流したのかと問われ、お恋は束の間、目を閉じた。

　これは自分だけの思い出として、宝物のように胸にしまっておこうと思っていた。けれどこの人になら、話しておきたい。

「実はお恋って名前、死んだ私のご主人の名前と、一緒だったんです。だからびっくりして泣いちゃったんですよ」

　目をしばたたく瑠璃に向かって、お恋は微笑む。

　主人がつけようとしてくれた名が何だったかは、やはり思い出すことができない。だがきっと、主人も自分にお恋の名がつけられたことを、天上で喜んでくれているだろう。

狸の表情を見ながら、瑠璃もどこか感じ入るような面差しで微笑んでいた。

「あのう花魁。私ね、ずっとお願いしてみたかったことがあるんです」

「何だ？　仲直りついでに何でも聞くよ」

「道中に、出てみたいんです。花魁と一緒に」

思いきって切り出すと、瑠璃は一転して困り顔になった。

「花魁の道中はいつも屋根の上とか道の端から見てますけど、花魁の視点から見るとどうなんだろうって、気になってたんです」

「うーん、叶えてやりてえのは山々だが、さすがに道中はなあ……いや、待てよ」

瑠璃は考えこむように腕組みをする。

「こういう時こそ花魁の立場が役に立つかも。そうだよ、お勢以どんは津笠の道中についてくはずだし、楼主さまも会合に行くしで、明日は口うるせえ奴がいない」

早口で独り言ちたかと思いきや、腕組みを解いてパンと掌をあわせた。

「よし、やるぞお恋。一緒に道中をしよう」

「えっ、ほほ、本当にいいんですかっ？」

声を上ずらせて聞くと、瑠璃は何やら自信ありげな笑みをたたえ、こくんと頷いた。

高下駄の音が通りに響く。カラコロロ、と外八文字を踏む瑠璃は平時と変わらず涼しい顔で、艶然とした色香をふりまいている。

道の端に寄った観衆が、不思議そうにささやきあうのが聞こえた。

「なあ、あの前帯にくっついてるのって」

「……信楽焼の狸、か？」

「ああ狸だな」

「何で狸が花魁の前帯に」

高価な西陣織の帯にしがみつきながら、お恋はやにわに不安を覚えた。

「じっとしてろよ、お恋。瞬きも禁止」

頭上から瑠璃の小声が降ってきた。

そう言われても、狸の信楽焼が前帯を抱きしめているなんて、きっと怪しまれる。

現に人々の目はあんなにも不審そうで――。

「なるほど、新しい着こなしか」

「ははあ、さすがは瑠璃花魁。素人女にゃ真似できねえや」

「いよっ、粋だぜっ」

理屈はよく判らないが、受け入れられてしまった。花魁たる瑠璃の行動は常に注目され、称賛される。それにしても人間の好む「粋」というものは謎だ、とお恋はしみじみ思った。

「ほらお恋、仲之町に出るぞ」

呼びかけを耳にして、前帯につかまる足に力を入れる。右折する瑠璃の歩みにあわせて前帯が揺れた刹那、視界が一気に開けた。

——うわあ……。

道中一行が通りやすいよう綺麗に空けられた長い一本道には、植えたばかりの桜が爛漫（らんまん）と咲き誇っていた。雪洞（ぼんぼり）の灯りが、花びらを淡く照らし出す。瑠璃と桜を見比べて吐息をこぼす人々の顔は、どれも幸福に満ちていた。

——これが、花魁の見ている景色。

何て綺麗なんだろう、とお恋は眼前に広がる光景に胸がいっぱいになった。

——あたしの可愛い狸ちゃん。あたしの代わりに、たくさん綺麗なものを見て、素敵な人と出会ってね。

——ご主人。私の大好きなご主人。大事にしてくれてありがとう。愛してくれてありがとう。恩返しになるかは判らないけど、あなたのくれたこの魂で、私はこれからも精一杯、生きていきます。

「花魁」

「こら、口を動かすな」

「私、花魁のことが大好きです。だから……うんとうんと、長生きしてくださいね」

前帯の揺れが、わずかに大きくなった。しばらく奇妙な間が流れた後、「ああ」と短く言う瑠璃の声が聞こえた。

吹き抜ける風はまだ冷たく、少し寂しい。だが寒さの後にはこうして春が来て、桜が咲く。これからの冬はきっと好きになれるだろう。この人と一緒なら、きっと。

花魁の前帯を抱きしめる狸の瞳には、温かな嬉し涙が光っていた。

# 第二話　新入り若い衆・作造の悩み

吉原は江戸町一丁目に位置する最高級妓楼「黒羽屋」――その内所にて、楼主とお内儀を前にした作造はぴしりと姿勢を正していた。

「楼主どの、お内儀さん。こちらが先日お話しした私の甥、作造でございます」

「何卒よろしくお願い申し上げます」

黒羽屋の番頭であり叔父でもある伊平に目で促され、作造は深々と辞儀をする。楼主の幸兵衛は作造の居住まいを吟味するように眺めていた。

「伊平の紹介とあらばさほど心配はしていないが……作造や。お前さん、歳はいくつだね」

「ちょうど二十歳でございます」

「若い衆の仕事は想像より遥かに厳しいものだ。覚悟はできているかい」

試すような目つきをする幸兵衛。その隣に座るお内儀、お喜久は無表情に作造を見つめるばかりで何も言わない。二人の漂わせる静かな凄みに、作造は些かひるんだ。

しかし、

「無論でございます。廓においでになるお客さまのため、どんなにきつい仕事でも喜んでやらせていただく所存ですっ」

目を輝かせる作造に対し、幸兵衛は「お客さまのため」と繰り返して、満足そうに頷いた。

「よろしい。黒羽屋で働くことを許可しよう。伊平、呼んできてくれ」

楼主の頼みを聞いた伊平はすぐさま内所を出ていった。しばらくして襖が再び開かれ、童子が二人、中に入ってきた。

顔も背格好も瓜二つの双子——とはいえ一人は仏頂面、一人は人好きのする笑顔、と表情は正反対だ。遊郭という場所にはおよそ似つかわしくない童子を見て、作造は目をしばたたかせる。

「豊二郎。栄二郎。これは作造といって、今日からここで働く新入りだ。お前さんらが面倒を見てやってくれ」

「えっ？」

幸兵衛の言葉に、作造は思わず声をひっくり返した。

——こんなガキが、俺の指導役？

その心中を読み取ってか、幸兵衛はこう続ける。

「歳はまだ十四だが、この二人は黒羽屋にいる若い衆の中では古参に入る。何せ吉原で生まれ、吉原で育ってきたのだからね」

「ちぇっ、面倒くさいなァ……」

と、双子の兄、豊二郎が作造に向かって口を尖らせた。

「おいお前。俺らは先輩なんだから、ちゃんと敬語を遣えよ？　あと俺は調理場での作業が多いから、基本の仕事は栄二郎に聞け」

「もう兄さん、おいらにばっか押しつけようとして」

不服そうに言いながらも、弟の栄二郎は作造に向かってにこりと笑顔を見せた。

「作造さん、最初のうちは判らないことがいっぱいあると思うけど、何でも遠慮なく聞いてね」

一緒に頑張ろうね、と顔をほころばせる栄二郎に、作造は戸惑いつつ頷いた。

——何だか出鼻をくじかれちまったけど、まァ指導役なんて誰でもいいか。何たってここは極楽の吉原。遊女とのめくるめく日常が、これから始まるんだから……。

酒問屋の次男坊として生まれた作造は、俗に言うところの「どら息子」であった。

兄が家業を継ぐのをいいことに、自身は仕事の手伝いもろくにせず、毎日のように岡場所や吉原を巡っては放蕩三昧。母親はやや高齢で作造を産んだためか、彼を諌めるでもなく小遣いを与えて甘やかすばかりだった。

だが先月の末、父と兄がとうとう癇癪玉を破裂させた。

そんなに女遊びが好きならば、吉原の若い衆にでもなりやがれ――父と兄から怒鳴られた作造は、こう思った。

――そりゃあいいッ。

父と兄の発言が勘当の宣告であることなど、お気楽な作造の頭では毛ほども思い至らなかったのである。

作造はさっそく叔父の伊平に頼みこみ、彼が番頭を務める黒羽屋の若い衆として推薦してもらえることになった。折よく黒羽屋で新しい人手を探していたとかで、それからのことはとんとん拍子に進んだ。こうして作造はたった一枚の風呂敷に入り用なものをまとめ、大いなる希望を胸に実家を出たのであった。

――妓楼に伝手があるなんて、俺ァ何て運の強い男なんだ。しかも小見世や中見世なんかじゃなく、上玉ぞろいの大見世ときた。

今までいくつかの廓を遊び歩いてきた作造だが、母からもらう小遣いだけでは大見世に登楼(あが)ることはできない。せいぜい中見世がいいところで、誰それが大見世で散財しただの、花魁(おいらん)から頼りにされているといった武勇伝を聞くたび、指をくわえているしかなかった。

どんな金持ちも通人も到達できぬような「酔狂」を極めたい。廓の内部に入りこめたなら、それが叶うのではないか——というのが、若い衆になろうと思った理由の一つ。しかしながら、最大の理由は別にあった。

——まずは風呂だな。掃除をしてたら遊女が入ってきちまって、〝あらやだ〟なんつって恥ずかしがってさ。風呂も着替えも見放題だし、不寝番(ねずのばん)になりゃ床入りだってのぞけるし……うっほほ、ここはまさしく極楽だぜッ。

「こっちが布団部屋で、向こうが行灯(あんどん)部屋ね——って作造さん、聞いてる？」

妓楼の中を順々に案内しながら、栄二郎が訝(いぶか)しげに作造を見やる。

——遊女の部屋に呼び出されて行ってみたら〝ちょいと足を揉(も)んでくんなまし〟なんて言われるんだ。そのうち〝作造どん、わっち、寂しいの〟とか何とかでなし崩し的にそういう雰囲気に——。

「ムフ、ドゥフフフ……」

栄二郎の説明を聞きもせず、作造は尽きることのない妄想に鼻の下を伸ばした。

しかし現実の廓の「内部」は、作造が思い描いていた理想とは、あまりにかけ離れたものであった。

「あらやだ、まだ掃除中だったの？」

風呂の床を磨いていた作造は勢いよく振り返った。風呂場の入り口には古株の遊女、八槻が、裸身を臆面もなくさらして立っていた。

「もっと朝早くに終わらせてちょうだいな、落ち着かないじゃない」

不機嫌そうに言うと作造の横を通り過ぎ、床にしゃがみこむ。作造は謝りつつ八槻の裸を凝視した。

――ぐふふ、これだよこれ。

ところが八槻はその場にうずくまったきり動かない。さすがに気になって声をかけようとするや、

「何？　じろじろ見ないでほしいんだけど」

鋭い眼差しを向けられた作造はうろたえた。

「あ、や、具合でも悪いのかと思って――」

「下の毛を整えてるの。気が散るからあっち向いててよ」

八槻は毛抜きを使い、陰毛の手入れをしていたのだった。職人さながらの険しい表情で背中を丸め、股をのぞきこむ様に、作造は何とも言えぬ心持ちになった。

――商売道具の手入れとはいえ、こりゃ客には見せられねえだろうな……。

「作造さん、お風呂掃除は終わった？」

とそこへ、栄二郎がひょっこり顔をのぞかせた。

「ええと、もう少しで終わります」

「お風呂の後は一階と二階の厠掃除ね。あともうすぐ文屋さんが来る時間だから、お客への文があるかどうか姐さんらに聞いてまわって。終わったら揚屋町で行灯用の油と新しい箸を仕入れて、それから……」

「あのっ」

たまりかねて言葉を遮る。

「俺、まだ朝餉を食べてないんです。今日だけじゃなくて昨日も、一昨日も」

すると栄二郎はきょとんと首をひねった。

「ああ、朝餉は時間が空いたらかなあ。調理場に行けば姐さんらの残り物があると思うよ。それじゃおいら、楼主さまに用事を頼まれてるから、後はよろしくねえ」

潑溂とした笑みを寄越したかと思うと、栄二郎は忙しなく行ってしまった。

——ゆっくり朝飼を食う時間もねえのか？　しかも残り物って……。

男用の厠の床を磨きつつ、作造は顔をしかめた。残り物うんぬん以前に、厠掃除などしたら食欲も失せるというものだ。

「おえぇ、臭っせえなァもう」

その時、大広間の方から妓たちの大きな声が聞こえてきた。

——げっ、またか。

作造は慌てて手を止め、大広間へと走った。

「あんた、またわっちの旦那に色目を使ってたね？　もう我慢ならないっ」

「何を言うのかと思えばそんなことかえ。わっちは愛想よく微笑んだだけさ。そもそもあんたがちゃんと手綱を締めてないから、客の気移りを許しちまうんじゃないか」

妓たちの諍いを見るのはこれで何度目だろう。作造は大急ぎでいがみあう二人の間に割って入った。

「ご両人、収めて、収め——」

「関係ない奴はどいててよッ」

二人の遊女は作造を思いきり突き飛ばし、そのまま取っ組みあいを始めてしまった。作造は畳に転がったまま、助け舟を求めて辺りを見まわす。

しかし大広間にいる他の遊女は、こちらを一瞥しただけですぐそっぽを向く。こうした状況にも慣れっこなのか、さして興味のない様子で各々のお喋りを続けていた。

「ねえ聞いとくれよ。昨日の客ときたらとんだ〝十一屋〟でさ、ちょいと気がある素振りをしてみせたら〝どの男にもそうやって愛嬌を振りまいてるくせに、嘘つき〟だって」

「やっだ、遊女が嘘をつかないとでも思ってたわけ？　そら早いとこ〝お履物(はきもん)〟にしちまったがいいさ。わっちの客なんて……」

「十一屋」とは十一を詰めると土という字になることから、「土臭い野暮な男」。そして「お履物」は「相手にしないこと」を指す廓言葉だ。

客の見ていない所では、遊女はこんなにも明け透けになるものなのか。もしや自分も似たような陰口を叩かれていたのかと、作造は寸の間、放心してしまった。

「ふざけんじゃないわよ、この泥棒ッ」

と、畳に転がったままの作造の上に、つかみあう遊女たちが倒れこんできた。

「ぐふうッ」

女二人の重みを腹で受け止めて、目の玉が飛び出る。

——こんな風に女の下敷きになるなぞ、俺が望んでたのと全然違う……。

次の瞬間、暴れる遊女の膝が股間に直撃し、作造はぐるんと白目を剥いた。

「……まったく。あれから半月も経つというのに、まだ妓の喧嘩ひとつも収められないのか？　情けないぞ作造。そんなことでは一人前の若い衆には到底なれん。そもそも——」

幸兵衛の説教が始まってから、どれだけの時間が経っただろう。作造はただ首を垂れ、「申し訳ございません」と繰り返すばかりであった。

永遠とも思われるほど長かった説教がようやく終わる頃には、すでに夜見世が始まっていた。とぼとぼと内所を後にした作造に、今度は恰幅のよい年増女が声をかけてきた。

「おや作造、いいところに」

黒羽屋の遣手、お勢以だった。

「汐音の宴が終わったから部屋に三ツ布団を運んどきな。あと桐弓のもね。判ってるとは思うが、絶対に布団を間違えるんじゃないよ？」

遊女の三ツ布団は、それぞれの客から贈られたものである。したがってもし違う布団を選んでしまえば、「他の男から贈られた布団を敷くとは馬鹿にしているのか」と客の怒りを買うことは必至だ。

「ええと、汐音さんの布団はどれで……」

作造の問いを聞きもせず、

「ああらァ松田屋さま、初会はどうです、お楽しみいただけてますか？　え、厠？　はいこちらですよ、ささ、足元に気をつけて」

お勢以は一転して高い声になったかと思うと、客を案内すべく立ち去ってしまった。

——何て人使いの荒い……。

その後、各座敷を飛びまわっていた栄二郎を何とかつかまえ、布団の用意を無事に終えた作造であったが、一息つく暇はなおもない。

次は張見世部屋に置かれた特大の箱行灯に油を足すよう命じられ、油甕を携えて小走りに廊下を進む。

龍の水墨画が描かれた張見世部屋には、客の指名を待つ遊女が十人ほど残っていた。惣籬の格子の向こうには、彼女らを品定めする男たち。作造がぐったりした体に鞭打ち、慎重に油を注いでいると、

「いよっ、瑠璃花魁ッ」

大きな掛け声が一つして、張見世を見ていた男たちが一斉に後方を見返った。

「はあ、いつ見ても変わらぬ美しさ……ありゃまさに吉原一、いや、日ノ本(ひのもと)一の花魁だよ」

黒羽屋が誇る一番人気、花魁の瑠璃が道中を終えて見世に戻ってきたのである。

作造もつられて外へ目を凝らす。惣籬の向こう、男たちの波の間から、憂(うれ)いを帯びたような横顔がわずかに垣間見えた。

瑠璃は、作造にとっての高嶺(たかね)の花であった。黒羽屋で働き始めてから今に至るまで、ほぼ全員の遊女と言葉を交わしたが、瑠璃とだけは目すら合っていない。花魁という職が見世にとってもこの上なく大切なためか、瑠璃は遊女の中でも特別扱いを受けており、彼女の身の回りの世話をする者はごく限られている。

——あの双子が羨ましいぜ。あんな常人離れした美女と接することができるんなら、そりゃ廓での働き甲斐があるってモンだよなあ。

花魁を目で追いながらうっとりしていると、

「ふん。何さ、気取っちゃって」

張見世部屋にいた妓のつぶやきが耳に飛びこんで来た。

「お客の前ではいい女を演じてるみたいだけど、わっちらには通用しないんだから」

「仕事は怠けてばかりだし、朋輩のわっちらにはにこりともしやしない」

「そうそう、おまけに禿も取らず楽しちゃって……津笠さんの遺したひまりだって、世話するのを渋ってるらしいわよ」

「薄情ここに極まれり、ね。本性を知ったら幻滅するだろうに、あの外見に騙される男もたいがい阿呆さ」

とかく女というのは、陰口を叩かずにはおれぬ生き物なのだろうか。知りたくなかった裏側を知ってしまった気がして、作造はひどくげんなりした。

——女って、怖え……。

見世の玄関先で掃き掃除をしつつ、遊女たちの会話を思い返す。

するとそこへ、一人の男がずかずかと歩み寄ってきた。

「おいそこの」

「はい？」

つっけんどんに呼び止められ、作造は急いで振り返る。己の同年代と思しき男が、眉間に皺を寄せて仁王立ちしていた。頭は月代の広い本多髷。裏地の赤い羽織をまとい、いかにも遊び人、大店の若旦那といった風体だ。

「瑠璃は？　中にいるんだろう、入らせてもらうぞ」

言うが早いか廓の中へ上がりこもうとする男に、作造は泡を食った。

「お、お待ちくださいっ」

「離しやがれッ。何度文を送っても〝また今度〟、〝胸が重くなってしまい〟って、じゃあいつになったら会えるってんだ？　ええ？」

「誠に申し訳ございません、しかし今日は都合が――」

「他の客とは会うくせに何で俺だけ後回しなんだっ。今日だって瑠璃のために簪の贈り物を用意してたのに、急に都合が悪くなったって、そりゃあんまりじゃねえかようッ」

自棄酒でも引っかけてきたのだろうか、男は人目も憚らず半泣きで駄々をこねる。

「お前、若い衆なら今すぐ瑠璃をここに呼べええっ。瑠璃に会わせろおぉぉ」

じたばたと振りまわした男の手が、作造の顔面に当たる。

「痛いッ。あ、暴れないでくださ……」

「作造さんっ」

と、騒ぎを聞きつけてすっ飛んで来たのは栄二郎だった。揉みあう作造と男を見て何事かすぐに察したのだろう、栄二郎はたちまち眉を引き締めた。

「仁蔵の旦那、どうか落ち着いてください。花魁がなぜあなたとお会いにならないか、お判りになりませんか」

「なぜって、どうせ俺より他の客が大事なんだろ、こんちきしょうめっ」

いいえ、と栄二郎は冷静に首を振った。

「花魁は、旦那を試していらっしゃるんですよ。ほら、旦那は花魁を敵娼にするまで他の色んな廓を渡り歩いていたでしょう？　だから旦那の愛が本物かどうか、花魁は些か不安になっておいでなのです。だからつい焦らすような返事ばかりしてしまうのですよ」

仁蔵の動きがぴたりと止まった。

「俺を、試して……？」

「そう。それが女心というものです」

栄二郎の声は、幼いながらに不思議な説得力を帯びていた。

「そうか、そうか。瑠璃はそれだけ俺のことを想って……」

声を湿らせたかと思うと、仁蔵は先ほどの女々しさはどこへやら、凛々しい顔つきで頷いた。

「なら瑠璃に伝えておいてくれ。お前さんに会えるのを、いついつまでも待ち続けると。それが大人の男の余裕ってモンだからな、へへっ」

――男ってな、何て単純なんだろう。俺も身に覚えがあるけど……。

上機嫌に帰っていく仁蔵の背中を見ながら、作造は安堵の息を吐き出した。

「助かりましたよ栄二郎さん。しかしその歳で女の気持ちを読み取れるなんて、廓育ちってのは伊達じゃありませんね」

心から感服して言ったのだが、当の栄二郎はというと、

「……いや？　さっきのは適当に言っただけだよ？」

「えっ」

「ああでも言わないと仁蔵の旦那ってしつこいからさァ」

あっけらかんと言ってのけた直後、栄二郎は「ああっ」と大声を出した。

「そうだ、おいら作造さんのこと探してたんだよ。汐音さんと桐弓さんの布団なんだけど、もしかして――」

「作造ォオオッ」

獣に似た咆哮が廓内に轟いた。どすんどすんと階段を駆け下りる音。お勢以の足音である。

作造は嫌な予感しかしなかった。片や栄二郎は申し訳なさそうに両手を合わせ、弱った笑みを浮かべた。

「ごめん、さっき急いでたからさ、布団の柄を間違えて伝えちゃったんだよね」

「そ、そんな」

「作造はどこだァァ」

こちらに向かって近づいてくる足音を耳にしつつ、作造の顔は、見る見る青ざめていった。

若い衆として黒羽屋で働き始めてから、早ひと月が過ぎた。

この日の仕事をあらかた終え、最後に行灯部屋で蠟燭(ろうそく)の数を確認していた作造は、途中でどさりと床に倒れこんだ。

「もう、無理ぃ……」

埃っぽいのが難点だが、行灯部屋には滅多に人が来ない。ひんやりとした床に頰をくっつけ、大きなため息を漏らす。

相も変わらずこき使われる日々で、心身ともにくたくたであった。若い衆の仕事は複雑かつ多岐にわたっており、すべてを覚えきるには時間がかかる。慣れない仕事をこなすだけで精一杯にもかかわらず、客に気を遣い、遊女に気を遣い、神経はすり減っていく一方だ。

「こんなはずじゃ、なかったのに」

溜まった不満がつい、口を突いて出る。

見目美しくたおやかな遊女たちに囲まれ、優しい労いの言葉をかけられ、浮世の極楽を味わい尽くすはずだったのに、実際はどうだ。

妓は井戸端会議をする長屋の女房よろしく、暇さえあれば愚痴を言いあい、客の品評に勤しんでいる。若い衆の前では女らしさなど忘れてしまうらしく――一部の若い衆の前ではそうとも限らないが――、暑ければ平気で諸肌脱ぎになり上半身をあらわにする。情緒や色気などあったものではない。

「俺が憧れていた吉原は、幻想だったのか」

はあ、と腹の底からため息が漏れ出てくる。

「俺は一体、何のために、ここで働いているんだろう……」

飯もろくに食えないほど膨大な仕事の量。楼主や遣手は厳しく、説教、説教の日々。指導役の栄二郎も自身の仕事を大量に抱えているため、じっくり仕事を教わる時間すら作ってもらえない。遊女同士の喧嘩の仲裁に追われ、遊女に振られた客からは毎日のように八つ当たりされ――期待感に胸を膨らませていた当初の自分が、懐かしく、そして浅はかに思えてくる。

　しかしながら、作造を悩ませる要因はこれだけではなかった。

　くすくす──。

　微（かす）かな笑い声を耳にして、作造はがばりと起き上がった。

「誰だっ。誰かいるのか？」

　が、当然ながら行灯部屋には自分の他に誰もいない。

　黒羽屋で働くようになってから、作造は時折こうした奇妙な出来事に遭遇していた。誰もいないのに袖を引っ張られるような感覚がしたり、深夜の廊下で人魂のごとき火が漂うのを目にしたり。不可思議なことが起こるたび、疲れているのだと己に言い聞かせてきたのだが──。

　ふと、作造はあることを思い出して身震いした。行灯部屋に出るとささやかれる、幽霊の噂だ。この噂があるために、遊女は元より若い衆も行灯部屋には近づきたがらない。

　薄暗く静かな行灯部屋には、そこはかとない冷気が漂っていた。涼しいというより、体の芯が凍るような冷たさだ。

「……滅多に人が来ないんだから、寒くて当たり前だよな」

そう独り言ちた時、視界の端で何かが動いた。作造の心の臓が激しく跳ねる。

「な、ななっ……何だ、猫か……」

「ニャアン」

落ち着いて見れば、二匹の猫であった。一匹は白猫、もう一匹は見覚えのある、さび柄の猫だ。

「お前は確か、瑠璃花魁の猫だな？　そっちの白いのは友だちか？　驚かすなよ、ったく――」

やれやれと脱力した矢先。

「炎ってば、ここに長助が隠れてるって言うから来てみたのに、いないじゃないですかあ」

「ふむ……どうやら隠れん坊は儂らの負けのようじゃな」

作造はその場で固まった。

今のは、空耳か。否、空耳であってくれ。硬直した体の中で、ドクンドクンと心の臓だけが騒がしく跳ね続ける。

すると二匹の猫は作造の存在に今気づいたかのように顔を上げた。

「ちょっとォ、そこ突っ立ってないでどいてくださいよね」

「この部屋で物音を立てとったのはおぬしか。紛らわしいことをするでない」

「ね、猫が、猫が喋っ……」

あまりの衝撃に喉が締まり、ぱくぱくと口を開いては閉じる。そんな作造の様子を見てとった白猫は、ニタア、と意地の悪い笑みを広げた。

白猫の尾は、よく見ると二つに裂けていた。

――化け、猫……。

「おやあ？　あなた、よく見ればなかなか美味しそうな体してますねえ。どれ、ひとつアタシが味見をし――」

白猫の言葉が終わるよりも早く、作造の意識は、そこでぷつりと途絶えた。


「もう、辞めてやる。こんな見世、明日にでも辞めてやるっ」

血走った目で真夜中の廊下を歩く。

重労働より何より、作造を最も悩ませていたこと――それは、黒羽屋で起こる恐ろしい現象の数々だったのだ。

あの後、卒倒して目覚めると猫たちの姿はもう行灯部屋になかった。幸いにも食われはしなかったものの、作造の心は今や限界に達していた。

「今晩はとにかく寝て、明日の朝、楼主さまと話をしよう。叱られようが引き留められようが絶対に辞めてやる。俺は、家に帰るんだ」

実家の父や兄には呆れられるだろうが、恥を忍んで頭を下げ、家業を手伝わせてもらおう。そもそも廓の内側を見たいと思ったのが誤りだったのだ。たとえ見せかけだけと判っていても、客として遊女らの美しい面だけを見ている方が、きっと幸せに違いない。

そんなことを悶々と考えながら、廊下を早足に進んでいく。

その時だった。

誰かが、横から自分の袖を引っ張っている。

ちょいちょい、ちょいちょい、と――。

「うあ、あ……」

作造は失禁してしまいそうな恐怖に駆られつつも、覚悟を決めて横に目を走らせた。

「……誰も、いない」

が、はたと気づく。視線をやった先の調理場に、灯りがともっているのだ。とうに大引けを越えたというのに、まだ誰かいるのだろうか。

気になった作造は抜き足差し足、調理場へと忍び寄っていった。近づくにつれ、徐々に人の話し声が聞こえてくる。

「それでね、あの人ったら、それ以降とんと文も寄越さないの」

その声には聞き覚えがあった。自身の客に色目を使ったと朋輩に突っかかっていた、あの妓である。

「わっちは遊女なの、客に肌を許すのが仕事なの……でも本当は、あの人以外の男なんかと寝たくない。金子さえあればすぐにでも廓を出ていくわよ」

妓は涙声を揺らす。話を盗み聞くに、どうやら間夫と仲違いしてしまったらしい。

「少しくらい、ほんの少しでいいから理解してくれてもいいじゃない。それなのにあの人はわっちを責めるばかり。わっちがどんな思いで吉原にいるかも知らずに、ひどいわ……」

作造はそっと調理場の中をのぞく。遊女は木箱に座って泣いていた。その前で同じく腰を下ろしているのは、黒羽屋の料理人、権三である。

威圧感を覚えるほど大柄な体躯に相反し、権三は、穏やかな性根の男であった。作造も幾度となく「作造、腹は減っていないか」、「気張りすぎるなよ」と声をかけてもらい、彼の気遣いをありがたく思ったものだ。

「なるほど……それはさぞ、お辛かったでしょう」

権三は太い眉を下げつつ、自身の手ぬぐいを遊女に差し出した。

「よかったらどうぞ。ちと汗臭いかもしれやせんが」

苦笑まじりに言われた遊女はふるふると首を振り、受け取った手ぬぐいで静かに涙を拭いた。

「権三さん、いつもごめんね。こんな遅くに愚痴を聞いてもらっちゃって」

「謝る必要なんてありませんよ。俺ができることと言ったら、こうして皆さんの話を聞くくらいしかないですから……だから遠慮なんてせず、いつでも頼ってくださいね」

「……うん」

小さく頷く遊女の、切なげな背中が、作造の胸をちくりと刺した。

──いつもは強気に振る舞ってるのに、あんな悩みを抱えてたなんて……俺はまったく、気づかなかった。

元来た方へと戻りながら、作造は思いを巡らせる。

ひょっとすると遊女たちが互いに愚痴を言いあうのも、胸の内に溜まったほの暗い靄(もや)を、少しでも晴らすためなのかもしれない。

そう思い至ったものの、作造は大きくかぶりを振った。

——どうせ明日にはここをおさらばするんだ。もう深く考えなくたっていいじゃねえか。

うんうん、とひとり頷いた瞬間。

作造の眼前をひゅっ——と何か明るいものが横切った。天井から吊るされた八間の灯りではない。

いつぞやも目にした、火の玉だった。

我知らず足が止まる。

——い、いやいや、ありえない。疲れが溜まってるから幻を見ちまうんだ、ああそうとも、そうに違えねえ。

ひゅっ。ひゅっ。ひゅっ。

必死に落ち着こうとする作造をよそに、火の玉はさらに数を増やしていく。

「幻だ、幻、まぼ……ってやっぱ無理ぃぃッ」

とうとう恐怖心に負け、作造は廊下を駆けだした。なぜか追ってくる火の玉。ぴょんぴょんと空中で跳ねる様は、どこか楽しんでいる風にも見える。

作造はがむしゃらに走り続け、やがて勝手口から見世の裏手へと飛び出した。

「お助けえぇッ」

「うわ、何だっ？」

裏にある井戸の横には、豊二郎がいた。

「とっ、とと豊二郎さん、火が、玉がっ」

「は？　玉？　寝ぼけてんのか作造」

眉をひそめる豊二郎を見て、作造はハッと平静を取り戻した。自分より六つも下の童子に泣きつくなぞ、あまり褒められたことではなかろう。

「い、いえ、何でもないです……それより、こんな所で何をしてたんですか？」

月明かりに目を凝らせば、豊二郎の両手は水で濡れていた。

「ああ、米を研いでたんだよ。あと生姜の泥落とし」

「米？　生姜？」

豊二郎は地面に屈みこんで米研ぎを再開した。彼は普段、権三のもとで料理の見習いをしているのだった。

「昨日から具合が悪い姐さんがいてよ、どうも風邪っぽいんだ。だから卵がゆと生姜汁を作ろうと思って」

「こんな遅くにですか？」

怪訝な顔で尋ねる作造に対し、豊二郎はあっさりした調子で答えた。

「食欲もほとんどなかったのが、さっき聞いたら、今なら少し食えるかもって言うんだ。単なる風邪だったとしても馬鹿にゃできねえだろ？ 食える時にしっかり食っとかねえと」

「なるほど。早く風邪を治して、仕事に戻ってもらわなきゃいけませんもんね」

すると豊二郎は手を止め、作造の方へと顔を上げた。

「まあ建前はな。でも本当は、仕事なんてどうだっていいんだよ」

幸兵衛やお勢以が聞いたら激昂しそうな弁である。慌てて周囲に誰もいないか確める作造を尻目に、

「……姐さんらの仕事は、いつだって危険と隣りあわせだ」

と、豊二郎は言葉を継いだ。

「寝る時間もあまりないし、客に風邪をうつされたり、悪い時には瘡をうつされたり。それがあっという間に悪化して死んじまうことだって少なくないんだ。だからせめて毎日の食事くらいは、滋養のあるものを食べさせてやりてえんだよ。食欲がない時には少しでも食べられるようなものを作る。それが俺にできる、唯一のことだと思うから」

滔々と紡がれる言葉に、作造は意図せず下を向いた。不純な動機で若い衆になった己を責められているような気がしたのだ。豊二郎にそんな気はないだろうと、判ってはいても。

ややあって、豊二郎はニッと片笑んだ。

「作造、お前も調子が悪い時はすぐ俺に言えよ。権さん直伝、俺特製の絶品卵がゆを作ってやるからさ」

作造は黙ったまま頷き、重い心持ちで廓の中へと戻った。

まだあどけなさが残る豊二郎の心には、年上の自分でも持ち得ていない大切なものがある気がした。それが何か知りたいと思う気持ち。もはや関係ないと思う気持ち。異なる二つの感情が、作造の胸中にせめぎあう。

「俺は、何かを間違えていたんだろうか」

客の目に映る吉原は、豪奢で美しいものでしかない。されど作造は若い衆として働くようになって、それが表面的なものに過ぎないと知った。

では、遊女はどうか。客前で見せる上品な微笑みの裏にあるのは、果たして――。

「見ぃつけたああ」

唐突に、背後で声がした。作造はバッと振り返る。

行灯部屋にいたあの白猫が、作造に向かって不気味な笑みを浮かべていた。

「こんな遅くまで油を売ってるなんて、悪い人間ですねえ」

「ひ……」

「食ってやりましょうかああ？」

舌舐めずりをするや否や、白猫はこちらに向かいひた、ひたと歩を進めてきた。

「ひゃ……あんッ」

声にならない悲鳴を上げながら、作造は再び廊下を駆ける。

「待あてえええ、にゃははははッ」

——この見世、絶対に呪われてる……無理無理、やっぱり俺はここを出ていくっ。

息もつかずに走り続け、やっとの思いで若い衆の部屋へと飛びこむ。

やや広めの空間で、他の若い衆たちが雑魚寝をしていた。が、一つだけ行灯がともっている。

「作造？　どうしたんだ、汗だくじゃないか」

置行灯の横で胡坐をかいていたのは錠吉——作造が密かに憧れを抱く若い衆であった。細身で背が高く、切れ長の目が印象的な顔は役者さながらだ。遊女たちも錠吉の前では決してだらしない振る舞いをしない。

「じょ、錠吉さん、猫、猫が」

「猫……？」

「喋ったんですよ、猫が、白い猫がっ」

眉根を寄せていた錠吉は、しばらくして「ああ」と合点がいったように首肯した。

「きっと疲れているんだろう。明日に備えてもう寝るといい」

やはり信じてもらえぬか。常に恬淡としている錠吉が、喋る猫の存在を易々と呑みこむはずがない。そう判ってはいたものの、作造はがっくりと肩を落とした。

一方で錠吉は自身の手元に目を落とし、髪結い用の道具を丹念に磨いていた。彼は瑠璃花魁の専属髪結い師でもあるのだ。

「あのう、錠吉さんこそまだ寝ないんですか？　その道具、もうぴかぴかになってますけど」

行灯の灯に光る道具を見ながら問うと、

「……そうだな。ただ、今晩はもう少し起きていた方がいいと思って」

言葉少なに言って、錠吉はどこか手持ち無沙汰な様子で道具を磨き続ける。

作造は彼の端正な横顔をじっくり見つめた。

——錠吉さんには見世を辞めようと思ってること、相談してみようか……。

視線に気づいた錠吉が、つとこちらに顔を向けた。

「作造。もしや何か、悩みでもあるのか」

心を読まれた作造はどう切り出すべきか決めかね、しばし黙りこんだ。その表情に深刻なものを感じたのだろう、錠吉は道具を畳の上に置いて作造に向き直った。

「栄二郎とはどうだ。うまくやれているか」

「……優しくしてもらえるのはありがたいんですが、仕事については、あまり細かいところまで教えてもらえなくて」

そうか、と錠吉は思案げに腕組みをした。

「楼主さまが双子を指導役に据えたのは、おそらく人に教えることによって、双子にも成長してもらおうとお考えになったからだろう。けれど豊は権の手伝いで忙しいし、栄もまだまだ自分のことで手一杯だから、お前のことはつい後回しになってしまうんだろうな」

淡々と分析する錠吉に「見世を辞めたい」とは言い出しにくく、作造は俯いた。

「だが栄二郎の仕事への姿勢からは、きっと学ぶことが多いはずだ。あいつは観察眼が鋭い。誰よりも客や遊女のことを見て、理解していると俺は思う」

「……あの、錠吉さん、実は俺……」

甲高い悲鳴が二階から聞こえたのは、その時だった。

瀬戸物が割れる音。男が怒鳴る声。それらを聞いた途端、錠吉はすっくと立ち上がった。

素早く部屋の襖を開け放ち、廊下へと飛び出していく。

「え、ちょ、待ってくださいっ」

錠吉の顔から只ならぬものを感じた作造も後を追った。廊下を駆け、階段を一段飛ばしで上がる。

二階にある遊女の一室に着いた瞬間、

「錠さんっ」

バチン。

栄二郎の声と同時に鋭い音が鳴った。

作造は一足遅れて部屋の中へと駆けこむ。そこに立っていたのは、顔を真っ赤にして怒る男であった。

「若い衆ごときが、客と遊女の間に入ってくるなっ」

男の前には錠吉が倒れこみ、栄二郎が彼の肩を支えている。そしてその後ろには、赤い長襦袢(ながじゅばん)をはだけさせた遊女がへたりこんでいた。

「錠吉さ……血が……」

遊女の喉から漏れ聞こえた、か細い声。見れば錠吉の口からは一筋の血が流れていた。おそらく男に張り手をされて切れてしまったのだろう。

――俺は、俺はどうしたらいいんだ？

作造が何もできず棒立ちになっていると、男が一歩、足を前に進めた。

「おい夕辻っ。若い衆なんぞに庇ってもらいやがって、元はと言えばお前が床入りに身が入っていないのがいけねえんだろう。今までお前にいくら貢いでやったと思ってる？　たかが部屋持の位のお前に、いくらっ」

唾を吐き散らして詰め寄ろうとする男。対する夕辻は男の怒気に青くなっている。

と、立ち上がった錠吉が男の行く手をふさいだ。

「何だお前、また殴られてえのか」

「私を殴って気が済むのなら、どうぞお好きになさってください。しかし夕辻さんに手を上げることは――」

バチン。

再び激しい平手打ちの音が鳴った。錠吉の頬がたちどころに赤くなっていく。

が、錠吉は倒れなかった。

「……どうかお慈悲を。遊女の顔に傷をつけることだけは、なさらないでください」

錠吉の声には怒りがなかった。瞳はただまっすぐに男を捉えて逃さない。

その静けさに圧されたのか、ぴくぴくと頰を痙攣させていた男は、やがて目をそらした。

「けっ、興醒めだ。帰る」

いつの間にか集まっていた他の若い衆や禿たちを掻き分け、男は足を踏み鳴らしながら部屋を出ていった。

「錠さん痛む？　ごめんね、おいらだけじゃ止められなくて……すぐ下で手当てしよう」

栄二郎が心配そうに傷口を確かめる。

「栄、お前の読みが当たったな。あの男、今日はよほど虫の居所が悪かったらしい」

言いつつ錠吉は部屋の入り口へ目をやる。

そこには足がすくんだままの作造がいた。

「作造。しばらく夕辻さんを頼む」

そう言い残し、錠吉と栄二郎は部屋を後にしていった。

残ったのは作造と夕辻の二人だけ。呆然としている夕辻に、作造はおそるおそる声をかけた。

「夕辻さん。その、大丈夫、ですか」

作造の声を聞いて正気づいたらしく、夕辻はにこ、と口角を上げた。

「……わっちは、大丈夫……」

途端、夕辻の瞳から堰を切ったように涙があふれ出した。

作造は咄嗟に夕辻へと駆け寄った。突然の涙にどうしていいかは判らない。ただ体が意図せず動き、夕辻の肩を抱きしめる。

「怖かった……急に怒鳴られて、頭が真っ白になって、わっち、わっち……」

夕辻は震えていた。その肩は細く、力を入れれば砕けてしまいそうなほど心許なかった。

——大丈夫なわけがない。

作造は己の問いがいかに浅薄だったかを思い知った。

——女子が身一つで男を相手にして、恐ろしくないわけがない。遊女はいつも恐怖と闘っているんだ。毎日、毎日……。

どうすれば夕辻の恐怖を和らげられるだろう。一体何と言えば、涙を止めてやれるだろう——答えが出ぬまま作造はただ、彼女の背中を無言でさすり続けることしかできなかった。

——廓においでになるお客さまのため、どんなにきつい仕事でも喜んでやらせていただく所存ですっ。

明朝。文屋から預かった文の束を手に、作造はかつて自分が放った言葉を想起していた。

——お客のため、か。

夕辻の盾となった錠吉は、遊女の顔に傷をつけないでくれと男に言った。だがあれは遊女を商品として見ているからではない。身を挺して遊女を守ったのは無論、客のためなどではない。

——なら若い衆ってのは、何のために……。

「作造どん」

思案していた作造は我に返った。

「わっちへの文は、来てるかえ」

思わず息を呑む。話しかけてきたのは瑠璃花魁であった。

「花魁……お、俺の名前を覚えていてくださったんですか」

瑠璃は美しい顔を不思議そうに傾け、「当たり前じゃないか」と答えた。

「それより文は？　丁字屋（ちょうじや）からのが一通あると思うんだけど」

作造はあたふたと文の束を確認する。中には瑠璃が言うとおり丁字屋の紋が入った文があった。

それを見るなり、瑠璃の目に輝きが差した。

「丁字屋って、江戸町二丁目にある中見世ですよね。お知り合いがいるので？」

文を差し出しつつ尋ねてみる。瑠璃はどことなく面映ゆい表情で首肯した。

「雛鶴（ひなづる）っていってさ、ほら、丁字屋の花魁。わっちの友だちなんだ」

言いながら文にさっそく目を通す。瞳が字を追うにつれ、瑠璃の口元が緩んでいくのを作造は見てとった。

いつもの凛とした風格からは想像もつかぬ、少女のような面持ちだ。

「他店の方とお友だちになるなんて、さすが花魁は交流関係が広いんですね」

すると、文を読み終えた瑠璃は、なぜだか目を伏せてしまった。

「いや……遊女の中で友だちって呼べるのは、黒羽屋では夕辻しかいないんだ。わっちはどうも女子との付きあいが不得手で……前は他に津笠っていう親友がいたんだけど、その」

瑠璃が口ごもるのも無理はない。かつて黒羽屋の三番人気だった津笠――心優しき名妓は昨年、風邪をこじらせこの世を去っていた。吉原に出入りしていた作造も当然、彼女の評判を聞いたことがあった。

「雛鶴とは、ひょんなことから知りあって仲良くなったんだよ。でも見世が違うからなかなか会えないし、代わりにこうして文を送りあうようになってね」

「そうでしたか……それで、何かいいことは書いてありましたか？」

「うん、まあ」

瑠璃は照れ臭そうに視線を漂わせる。その仕草を見た作造は、不思議な感情が胸に芽生えるのを感じた。これまで遊女に抱いていた下心でも、恋心でもない。

この気持ちは、何なのか。

「気に入ってた猪口を割っちまったって前に書いたら、雛鶴の奴、〝わっちとお揃いの猪口を贈ってあげるわね〟だって」

頰を緩めたのも束の間、瑠璃は小さく嘆息した。作造と文を交互に見やり、何やら考えこんでいるようだ。

長い沈黙を挟んだ後、瑠璃はようやく口を開いた。

「贈り物は嬉しいけど、お返しはどうしたらいいんだろうな。何というか、こういうことにはとんと疎くて……」

「お酒はどうでしょう？」

口から自然と出た言葉に、作造は自分でも驚いた。瑠璃も大きな瞳を作造に留めている。

「酒？」

「はい。いつかお揃いの猪口で、同じお酒を一緒に飲もう——こう文に書いたら、きっと雛鶴花魁もお喜びになりますよ。あ、そうだ。俺の実家が酒問屋なので、よければとっておきのお酒をご用意しますよ」

「本当かえ？」

瑠璃の面差しに、明るい笑顔が広がった。客に見せる笑顔とは異なる、少しぎこちない、素の笑顔が——。

瞬間、作造は胸を衝かれる思いがした。

——花魁も、他の遊女も皆、ひとりの人間なんだ。泣いたり笑ったりしながら生きる、ひとりの女子なんだ。

若い衆は何のために働くのか。その答えが、自ずと判った気がした。

「ああ、思い切って話してみてよかったよ。作造どん、ありがとう」

はにかむような瑠璃の笑顔を前に、作造は、涙が出そうになるのをこらえるので精一杯だった。

——俺は何て馬鹿だったんだろう。

若い衆は、客のために働くのではない。

——遊女が少しでも安全に、心穏やかに過ごせるよう陰で支えるためにこそ、若い衆はあるんだ。遊女たちの、心の内側から生まれる笑顔を、守るために……。

ありがとう。そのたった一言が、胸にくすぶっていた不満も、疲れも、すべて掻き消してくれるようであった。

文を配り終えてから見世の玄関を出ると、まばゆい朝日が作造の顔を照らした。

作造は手をかざして晴天を見仰ぐ。

「やあいい天気だ。家に戻るのは久しぶりだなァ」

世に「天下の花魁」と称えられる瑠璃から頼み事をされたと知ったら、父や兄はどんな顔をするだろう。そんなことを想像しつつ、作造は胸いっぱいに新鮮な空気を吸いこむ。

とその時、ある閃き（ひらめ）が頭に浮かんできた。

——もしかしたら……あの喋る猫も火の玉も、袖を引っ張られたことも全部、俺に若い衆としての気づきを与えるために、神さまが起こしてくださったことなのかもしれねえな。

きっとそうに違いない、と作造はひとり微笑んだ。

――神さま、俺、もっともっと精進します。廓で働く女子たちをしっかり支えられるように、頼りがいのある男になってみせますっ。

心の中で感謝の念を捧げ、作造は一歩を踏み出した。若い衆としての、確かな誇りを胸にして。

「……昨日はあれだけおびえてたくせに、何だか元気になってますねえ。変なのォ」

軽やかな足取りで歩く作造を黒羽屋の屋根から眺めながら、「つまんない」と猫又の白がこぼす。

「おい白、俺に火の玉を出せって言ったの、あいつを脅かすためだったのか？」

油すましの油坊が非難の目つきを白に向けた。

「いけませんか？　だってあの人のびっくりした顔ときたら、もうアタシ、可笑しくて可笑しくて、いひひひ」

「白はほんに趣味が悪いのう」

さび猫の炎が呆れたようにため息をつく。

とそこへ、大きな頭に頬かむりをした、袖引き小僧の長助がよじ登ってきた。

「ねえ炎、白ぉ。昨日の隠れん坊、いつ終わったの？　ふたりが鬼役だったのにいつまで経っても見つけてくれないから、おいらずっと探してたんだよ」

「おお、そういえばおぬしのことをすっかり忘れておったわ」

「にゃははは っ」

「もう、ひどいよお。若い衆に聞こうと思ったら無視されちゃうしさあ……」

その若い衆から心で「神さま」と呼び慕われるようになったことなど、彼らは知る由もない。

妖（あやかし）たちの陽気な声が人知れず響く中、吉原の新たな一日が始まろうとしていた。

# 第三話　お稲荷さまと津笠

まだ薄暗い早朝のこと。

――おや、来た来た。あの子が来たってことは、気づかないうちに朝になっていたのねえ。

吉原の北隅にある榎本稲荷に、一人の遊女がやってきた。遊女は社のまわりに散らばった落ち葉を慣れた手つきで掃除してから、さっと裾を払い、社の前にしゃがみこむ。

「おはようございます、お稲荷さま」

手を合わせる女子を社の内側から見つめながら、榎本狐も心の中で挨拶を返した。

――おはよう、津笠。

津笠は江戸町一丁目の大見世「黒羽屋」で呼び出し昼三を務める、言わば売れっ妓であった。

吉原には五つの社があり、稲荷神である狐がそれぞれ祀られている。大門の向こう

側に鎮座する玄徳狐、東の明石狐、西の開運狐、南の九郎助狐、そして北の榎本狐
──榎本がいる社は、黒羽屋から最も近い位置にある。

くしゅん、と津笠は小さなくしゃみをした。

「はあ、もうすっかり冬ですね。そうそう聞いてくださいなお稲荷さま。昨日ね、夕辻が〝寒すぎていっそのこと布団と一体化しちまいたい〟なんて変なことを言っていたんですよ。でも確かにそれくらい、朝の冷えこみが応えるわ」

言いながら合わせた両手をこすり、白い息を吐きかける。

──毎日、毎日、こんな寒い日にも来るなんて。本当にいつも熱心ね。

榎本は社の中で笑みをこぼした。吉原の妓たちはみな稲荷社を大切に扱い崇めていたが、津笠ほどの女子はそういない。

桜が舞う春も、ぎらぎらと日が照りつける夏も、うら寂しい風が吹く秋も、津笠は一日たりとて朝の参拝を欠かしたことがなかった。吉原に売られ、浮川竹の身になってから十一年間、ずっと──。

榎本はそんな津笠を、社の内側から長らく見守り続けてきたのだった。

「うう、っく……ひっく……」

声を押し殺すように泣きじゃくる、小さな童女——初めて榎本稲荷を訪れた時、津笠はまだたったの七歳であった。

熨斗文様の衣裳、そして切り揃えられたばかりのおかっぱ頭。禿特有の格好を見た榎本は、涙の訳をすぐに悟り得た。

——そう。あなたも、お里が恋しいのね。

吉原には日ノ本の各地から幼子が売られてくる。親の温もりを求めて泣く子ども、不安から涙する子どもたちを、榎本は数えきれないほど見てきた。

「あ、あたし、判ってるんです、お稲荷さま」

幼い津笠はしゃくり上げながら言った。

「吉原に来たならひもじい思いはもうしなくっていい、新しいべべを着て、きれえな布団で眠れるんだって。でも、それでも……」

あどけない顔がぐしゃ、と涙で歪む。

「お稲荷さま。あたし……あたしは、お父っつぁんとおっ母さんに、捨てられちゃったんですよね……？」

榎本は沈痛な思いで童女に目を据えた。

吉原に連れてこられるというのがどういうことなのか、津笠は幼いながらに理解していたのだろう。嗚咽で途切れがちになる吐露を聞くに、彼女は陸奥の農村生まれ、五人兄弟の長女だったそうだ。しかし凶作に窮した両親は悩んだ挙げ句、見目のよい津笠を女衒に渡すことに決めた。言うまでもなく、金子と引き換えに、である。

実の両親に売り飛ばされてしまった幼子の心に、どれだけ深い傷がつくか。いきなり遊郭という未知の世界に放りこまれた戸惑いが、いかほどのものか。榎本はこの地で似たような境遇の女子を何人も見てきたが、彼女たちの涙を見慣れることは一向にない。

「あたしはいっち姉さんだから、弟や妹を守るためだって、ちゃんと判ってます。けど、そんならあたしは、誰にも守ってもらえない子ってことなの？」

津笠はいっそう激しく嗚咽を漏らした。

女衒に手を引かれて里を出る折、父母はこんな言葉を娘にかけたという。

――お前は偉いね、いい子だね。吉原に行きゃ大変なこともそれなりにあるだろうが……貧しさからおさらばできるだけ幸せというもの。だから、辛抱できるね？

——可哀相に……。

神たる存在が、人間の前に無闇に姿を現すわけにもいくまい。泣かないで、と声をかけてやれないのが、榎本はもどかしくてならなかった。

吉原に売られたが最後、遊女は年季明けを待つか借金を返さぬ限り、この地から出ることを許されない。遊郭の四方にはお歯黒どぶと高い塀がぐるりと巡らされ、唯一の出入り口である大門の両脇には面番所と四郎兵衛会所が佇んでいる。妓の逃亡がないか監視するためだ。

「ねえお稲荷さま。あたしはもう、二度と、里には帰れないんですよね」

この吉原という閉ざされた牢獄で、遊女として生きていくしかない——そう理解しているからか、津笠は社の前にうずくまり、なかなか泣き止むことがなかった。

「あのね、わっちの里にも、お稲荷さまのお社があったんです」

それから程なく、津笠は黒羽屋の引っ込み禿に選ばれた。唄に舞い、琴、書や将棋など、様々な教養を叩きこまれる引っ込み禿は、妓楼から大いなる期待をかけられた人材だ。つまり引っ込み禿になったなら、将来の出世を約束されたようなもの。遊女の頂点である花魁になるのとて夢ではない。

「だからかな、ここに来るとすごくホッとするの。わっちの姐さんは怒りっぽい人だから、あんまり外で油を売ってると叱られちゃうけど」

津笠が涙を流すことは、あれっきりなかった。国元の家族とはすっぱり縁が切れてしまったらしい。だが吉原で生きる運命を呑みこんだかのように、幼い津笠の面立ちはすっきりとしていた。我慢強くしっかりしているところは彼女が長女であるからかもしれない。

聡い子ね、と榎本は思う。だがその聡さが、どこか痛々しくも感じられるのはなぜだろう。

「さっきね、よその見世の姐さんが大門をくぐっていくところを見たんです。きっと身請けをされたんだろうなあ。最後の道中をして、皆に〝ご機嫌よう〟って声をかけられて、旦那さんと手を繋ぎながら大門から駕籠に乗って」

目にした光景を思い返しているのだろう、津笠は夢見心地の顔つきだ。

「いいなあ、すごく素敵だったなあ。わっちもいつか、好いた人に身請けをしてもらえたら――」

とそこへ、足音が一つ聞こえてきた。

「ちょいとあんた、こんなところにいたの？」

津笠が背後を顧みる。

声の主は津笠と同年代の童女——後に汐音（しおん）と呼ばれることになる、黒羽屋のもう一人の引っ込み禿であった。

「三味線のお師匠さまがもうおいでなの。あんたが早く来ないから、お稽古（けいこ）を始められないじゃない」

年齢に合わず大人びた物言いをする汐音。片や津笠はあたふたと立ち上がった。

「ご、ごめん。すぐ行くねっ」

「はあ。何でわっちが、あんたみたいな鈍間（のろま）と一緒にお稽古しなきゃいけないのかしら。芸事の呑みこみも遅いし、引っ込みの自覚だってあるのかないのか微妙だし」

——あらあら、随分と利かん気の強い子ね。

「花魁になる気がないならそれでもいいけど、わっちの足を引っ張ることだけはしないでちょうだい。って、聞いてるの？」

榎本は思わず案じる眼差しを津笠に向ける。

ちくりちくりと針で刺すような汐音の物言いに、しかし津笠は、

「……ごめんね。迷惑をかけないように、頑張るから」

と、困ったように笑うばかり。

明らかな嫌味に何も言い返してこない津笠を、汐音は苛々した様子で睨んでいた。

数日後。気まぐれに西の開運稲荷を訪ねようと吉原の塀の上を歩いていた榎本は、ふと津笠の姿を目に留めた。

――やだあの子ったら、あんなところで何してるのかしら……？

津笠はお歯黒どぶに足を浸けていた。袖と裾をたくし上げ、素足でざんぶざんぶと黒いどぶの中を進んで行く。

「ちょ、ちょっとやめてよ、衣裳が汚れちゃうじゃない。またあんたの姐さんにこっぴどく叱られてもいいのっ？」

その横にあったのは汐音の姿だ。声色から察するに、躊躇なくお歯黒どぶへ入った朋輩に困惑しているらしい。

が、当の津笠は屈託のない笑みを浮かべてこう返した。

「だって、大事な鼈甲の櫛を落としちゃったんでしょ？　見つけなかったらあの怖ぁい行灯部屋に入れられて、ご飯抜きの刑だよ、きっと」

「……でもこんな真っ黒な水の中なんて、絶対に見つかりっこないもん」

「大丈夫。わっちが見つけてみせるから」

力強く言うと津笠は腰を屈め、手探りで櫛を探し始める。折鶴文様の衣裳に染みが広がっていくのも構わず、濁り水の底を素手で掻き分ける。次第におかっぱの髪が邪魔になってきたのだろう、髪の毛を耳にかけるや、黒い雫が童女の柔な頰に伝った。

「これかなっ？　──うわあ違った、誰かが使った房楊枝だ。こんなところに捨てなくってもいいのに」

「……ねえ。あんた何で、わっちのためにそこまでしてくれるの」

津笠は手を止め、どぶ水で汚れた顔を朋輩に向ける。

汐音は今にも泣きだしそうな顔で津笠を見ていた。

「わっち、あんたが大っ嫌い。せっかく引っ込み禿になって、そのうち花魁になれるかもしれないっていうのに、あんたはいつだって、そんなことどうでもいいって顔してさ」

──そっか、なるほど。

二人のやり取りを塀の上から眺めていた榎本は、にわかに合点がいった。

──あの子はきっと、悔しかったのね。

花魁になれるのは妓楼の中でたったの一人。津笠と汐音はその座を争う立場にある。ところが汐音とは対照的に津笠には、競う意欲らしきものがまるでなかった。その態度にかえって余裕を感じた汐音が、敵対感情を燃やすようになったとしても無理はない。

泣き顔と怒り顔をまぜこぜにしたような汐音の面持ちを見つめてから、津笠は澱んだどぶに目を落とした。

「……ごめん」

「何で謝るのっ。謝らないでよ、こっちが惨めな気分になるじゃない」

嫌いとまで言われてもなお反論しようとしない津笠の態度は、汐音の感情の火にさらなる油を注いだ。

「そもそも自分の櫛じゃないのに探そうとするなんて変だわ。もしかして、わっちへの当てつけのつもり？」

「そ、そんなんじゃな――」

「あんたっていっつもそう。意地悪されても何も言わないし、叱られても泣き言ひとつ言いやしない。誰にでもいい顔をして、ヘラヘラしてばっかりでさ。吉原に売られちまったっていうのによくそれだけ平気でいられるわね。あんたって、怒ったり哀しんだりできない子なの？」

辛辣な言葉の数々を浴びせられて、津笠はぎゅっと口を引き結んだ。涙が出るのを

必死にこらえているのだろう。その表情を見た榎本は、

——違う、違うのよ。平気だなんて、それは絶対に違う。

彼女の代弁をしてやりたい衝動に駆られたが、かといって間に割って入るわけにもいかず俯いた。

それまで榎本は、津笠が誰かの悪口や陰口を言うのを聞いたためしがなかった。とはいえ溜まりゆく感情の澱というものは必ずあるわけで、だから津笠は稲荷社に来るのだ。津笠にとって思いの丈を吐き出せる唯一の場所が、稲荷神の前なのだから。

津笠は榎本稲荷に様々な思いを明かしてきた。姉女郎に辛く当たられたこと、遊女と客の営みを見て、自分もいずれは同じことをせねばならぬのかと恐れを抱いたこと——おそらくは物言わぬ神だからこそ、苦しい心境を告白できるのに違いない。

不満を爆発させた汐音。口を噤む津笠。二人の間に嫌な静けさが流れていく。榎本がはらはらしつつ見守る中、

「あのね、これは内緒にしてほしいんだけど」

先に口を開いたのは津笠であった。

「……わっちね、花魁にはあんまりなりたくないの」

「はっ？　何で？」

ありえない、とでも言いたげに汐音が顔をしかめる。

「吉原からはどうやっても逃げられないんだから、少しでも高い位に就いて、たくさんの人に褒めそやされる方がいいって思わないわけ？　それにあんただっていつかは大金持ちに身請けされたいって考えてるでしょ？」

「でもわっち、目立つのが苦手で……花魁になったら周りにあることないこと言われちゃって大変みたいだし。ほら、姐さんらが花魁のいないところでひそひそ話してるの知ってるでしょ？　わっちはできれば、皆と仲良く過ごしたいよ」

「仲良く、って……」

汐音は些か呆れたようだ。それもそのはず、吉原の遊女たちは互いに競いあうものだからだ。誰よりも美しく、誰よりも多くの客の心をつかむ──名妓になるため時には他を蹴落とす選択をせねばならないこともある。手を繋いで仲良しこよし、など到底できない世界なのだ。

──ああ……この子は、優しすぎる。

榎本の口からため息が漏れ出た。

吉原で何より重視される「意気」と「張り」は、遊女たちがこの地で強く生きていくために編み出した知恵でもある。まして大見世に勤めるともなれば、上へ上へとのし上がっていく気概がなくば先が思いやられてしまうだろう。

そう心得ている榎本であったが、しかし。

――まったくもう、仕方ないわね。

すでに顔なじみとなった津笠をこのまま放っておくこともできない。榎本は意を決し、きりりと面差しを引き締めた。

翌朝。

いつものように榎本稲荷へやってきた津笠の顔は、あふれんばかりの喜びに満ちていた。

「お稲荷さま、聞いてくださいっ」

妓楼から走ってきたのか、津笠は頰を上気させながら話し始めた。

「昨日ね、わっちの朋輩がお歯黒どぶに大事な櫛を落っことしちまったんです。見つからないかもって諦めかけたんだけど、心の中で〝お稲荷さま力をお貸しください〟って念じたら、足にコツンと何かが触れて……見たら探してた櫛だったんだもん、びっくりしちゃった。お稲荷さまが本当に助けてくれたんですよね？」

ありがとうございます、とたどたどしく感謝する津笠の顔は、何とも晴れやかだった。

――まあ、あれくらいの手助けならいいわよね。

津笠の報告を聞きながら、榎本は満足げにひとり頷く。実は榎本、稲荷神の持つ神通力を使い、こっそり櫛を見つけやすい位置まで移動させたのであった。

「見つけた櫛を渡したら、あの子、信じられないって顔をしてたわ。でもその後すごく小さな声で〝ありがとう〟って言ってくれたんです」

津笠はこそばゆそうに両手で口元を覆い、くすくすと笑い声を立てた。

「衣裳を駄目にしたせいで、姐さんにはやっぱり大目玉を食らっちまったんですけどね……でもいいの。ありがとうって言われて、とっても嬉しかったから。えへへ、あの子ともこれから、ちょっとずつでも仲良くなれるといいなあ」

あれだけのことを面と向かって言われたにもかかわらず、津笠はなおも汐音と親しくなりたいらしい。汐音とて根っからの意地悪ではなかろうが、それでも津笠の考えは、榎本には少々理解しかねた。

——人間って、つくづく可笑しな生き物ねえ。

ふと、津笠は笑顔から一転、どこか寂しそうな面持ちを見せた。

「……ねえ、お稲荷さま。あの子が言っていたこと……あれは全部、本当のことなの」

誰にでもいい顔をして、ヘラヘラしてばっかりで——。

「廓での生活は大変なことだらけです。引っ込みの修業は覚えることが多すぎるし、姐さんの機嫌を損ねたらすぐにぶたれっちまう。辛くて、泣きたくなることもたくさんあるけど、でもわっちは耐えなくちゃ。わっちは頑張って〝いい子〟でいなきゃいけないんです」

瞬間、榎本は小さく息を呑んだ。

「楼主(おやじ)さまや稽古のお師匠さま、見世に来るお客さまもみんな、わっちをいい子だって言うの。偉いね、お利口だね、って」

それは父母が発したのと同じ言葉ではなかったか。

——お前は偉いね、いい子だね。

「だからわっちは、いい子でいなくちゃいけない。お利口でいなくちゃいけない……どんなにしんどくっても、泣いちゃ駄目なんです」

——吉原に行きゃ大変なこともそれなりにあるだろうが……貧しさからおさらばできるだけ幸せというもの。だから、辛抱できるね？

果たして津笠を縛りつけるものは、吉原という囲いだけではなかった。大人たちが彼女にかける、「いい子」という言葉。その見えない呪縛にこそ、津笠は囚われているのだ。

——何と罪なことを……。

「大丈夫。本当の気持ちは誰にも言えないけど、お稲荷さまが知っていてくれるから、わっちは平気なの」

禿の頑是ない笑みを見つつ、榎本は嘆息を禁じ得なかった。この呪縛がおそらく、今後も津笠を苦しめるであろうと、理解していたがゆえに——。

「ならん、ならんぞ榎本よ。安易に神通力を使いおってからに」

深夜の稲荷社に、狐火が五つ集まっていた。

榎本の他、玄徳、明石、九郎助、開運——赤い前掛けをした五体の吉原狐である。

今宵、彼らが集会を開いた理由は一つ。榎本が津笠を助けるべく神通力を使ったことについて議論するためだ。

頑(かたく)なな面持ちで首を振る開運の横で、九郎助が口を開いた。

「その禿、確か黒羽屋の引っ込みだよね？　一番遠いおいらの社にもたまに参りに来てさ、お供え物を置いてってくれるよ」

「俺のとこにも来るぞっ。置いていく菓子がまた、とびきり美味いのばかりでなあ」

「がはは、食いしん坊の明石を納得させるたあ大した女子だぜ。俺の社は大門の外にあるから無理だろうが、いつか参りに来てほしいモンだ」

明石と玄徳も口々に言い立てる。どうやら彼らも榎本と同様に、津笠を好もしく思っていたらしい。

榎本は思わず破顔した。

「そうでしょう？　本当に本っ当に優しい子なのよ。だから力になってあげたくて、それで――」

が、開運は厳とした顔つきで「ならん」と繰り返した。

「どうしてよ開運、あの子はあなたの社にもお参りに行っているじゃない。あの子の人柄をあなただって知っているはず。少しくらい協力してあげたっていいとは思わない？」

榎本の声が意図せず大きくなっていく。守護神の一柱として吉原を見続けてきた榎本にとって、津笠はいつしか特別な存在になっていたのだ。

吉原の遊女たちは、稲荷社へ種々の祈りを捧げに来る。好いた男が今日こそ登楼してくれますように。病が快癒しますように。この苦界から、いつの日か抜け出せますようにと——だが津笠はといえば、社の掃除と日々の報告をするだけでただの一度も祈願をしたことがなかった。

「あの子には、年相応の欲ってものがない。でもそれは自分でも気づかないうちに我慢してるからよ。本当は毎日、辛くってしんどくって仕方がないのに、それでも〝いい子〟にしてなきゃいけないと思ってる。不平や我儘を決して口にしちゃいけないと思ってる。あの子は呪いをかけられてるのよ。大人にとって都合のいい存在であれっていう、呪いを」

朋輩の櫛を見つけてやりたい——そんなささやかな願いくらい、叶えてやったから何だと言うのか。

榎本の弁を聞いた開運は逡巡するかのように黙していた。ところが、

「……榎本。おぬしは我らの紅一点、雌として女子に肩入れしたくなるのは判る。さりとて稲荷神の〝暗黙の掟〟を、おぬしも忘れたわけではあるまい」

今度は榎本が黙りこむ番だった。

稲荷狐たちは神であり、神通力を使えば人にはできないこともやってのけられる。さりとて神通力は人の運命を変えてしまう危険性も帯びている。誰かを助けようと思って力を使っても、かえってその者を不幸にしてしまうことがあれば、他の誰かに不幸が降りかかる結果になることもある。そのため易々と使ってはならないという共通認識が狐たちの間に流れているのだった。

「確かにたった一度、物を少し動かすくらいならさして問題はないやもしれん。が、果たしてその一度きりで終わりにできるのか？　おぬしは今後も神通力を使って、あの禿を助けようと考えておるのではないか？」

「それは――」

「忠告しておく、榎本よ。あまり力を使いすぎればいずれ、陀天（だてん）さまのお耳に入ってしまうぞ」

榎本の胸がどきりと揺れた。九郎助と明石、玄徳も「ひっ」と同時に顔をひきつらせる。

陀天とは稲荷信仰の総本宮――京（みやこ）の伏見（ふしみ）稲荷大社に鎮座する、稲荷大神の一柱を指す。吉原狐たちにとっては母なる存在であり、決して逆らえぬ首領でもあった。

「陀天さまは厳しいお方。おぬしとてお叱りを受けたくないじゃろう」

そう説かれては、榎本はうなだれるしかなかった。

「じゃあ、あたしらは、ただ見守ることしかできないの……？」

だとすれば神の存在意義は、どこにあるのだろうか。

開運にしてもやはり心苦しいのだろう、榎本と同じく地面を流し見ていた。

「……陀天さまは昔、こうもおっしゃっていたよな」

次いで声を上げたのは玄徳だった。

「人間に干渉しすぎることなかれ。一人の人間を、困っているからといってそのたび助けるのは、神のすることではないと」

続けざまに明石が、ため息まじりに言葉を重ねる。

「得てして人の一生にゃ果てのない困難が待ち受けてるモンだ。もちろんあの禿だって例外じゃねえ。たとえ俺たちの力で助けられたとしても、困難は違う形で二度、三度と際限なく訪れるだろうよ。きりがない」

「あのさ、榎本……おいらの社にも毎日ひっきりなしに遊女が来て、日々の出来事を話していくんだ。だから榎本の気持ちはよく判るよ」

気遣わしげな九郎助の言が、榎本の胸に静かに刺さった。

「衆生の声を聞き、心の拠り所になってやること自体は悪いことじゃない。でもね、人には人の掟があるように、稲荷神には稲荷神の掟がある。だから見守ることに徹しよう。きっとあの禿も、榎本に話を聞いてもらうだけで、少なからず救われてるよ」

榎本は押し黙った。

仲間の狐たちは一様に己を案じてくれているのだ。だからこそ忠告をしてくれる。

そう頭では理解していても、

——皮肉なものね。神であるあたしが、あの子の身に災難が降りかからないよう、祈ることしかできないなんて……。

いい子でいなければ。そう侘しげに語った童女の面差しを思い浮かべ、榎本は無言で首を垂れた。

俗に「光陰矢の如し」と言うが、悠久を生きる神にとって、時の流れは人が感じるよりも遥かに早い。

「それでね、お稲荷さま。夕辻ったらまたお風呂で瑠璃にちょっかいをかけて、瑠璃も瑠璃で短気なものだから、例のごとく二人でお湯のかけあいですよ。湯屋の女将さんがすっ飛んで来る頃には二人して茹で蛸みたいになっちまって……ふふ、本当に二人とも子どもみたいなんだから。困ったものだわ」

冬の冷気がしんしんと漂っている。もうすぐ初雪が降る頃だろう。

日々の他愛もない出来事を語る津笠の顔は、呆れながらもどこか楽しげだ。

——あなたと出会ってから、いつの間にか十一年も経っていたのね。

彼女の成長の過程を一つ一つ思い返しながら、榎本は社の中でゆったりと頬を緩めた。

十八になった津笠は、今や黒羽屋で人気の三番を誇っている。残念ながら花魁には選ばれなかったようだが、元から欲がない津笠のこと、落胆する素振りはなく、むしろ重荷を背負わず済んだことに安堵すらしていた。

津笠は黒羽屋にやってくる客は元より、朋輩や妹女郎たちからもめっぽう好かれているようだった。苦界で生きることを強いられた女たちが皆、津笠の優しさに心救われているのであろうことは想像するに余りある。

——今までこれといった問題も起きていないようだし、大きな病にも罹らず、息災で何よりだわ。

「ああそうだ。瑠璃と言えば——」

友の多い津笠が、ある頃から頻繁に口にするようになった名がある。瑠璃——黒羽屋の現花魁を務める、津笠と同い年の女子である。

「実はわっち、ずっと不思議に思ってたことがあるんです」

珍しく津笠が眉間に皺を寄せるので、はてと榎本は首を傾げた。

「ほら、いつだったか瑠璃の部屋でたまたま能面を見つけて、あの人が鬼退治をしていると判った、って話をしましたでしょう？」

能面というのは鬼退治組織「黒雲(こくうん)」の頭領を兼任する瑠璃花魁が、任務時に装着する泥眼(でいがん)の面のことだ。

それまで裏の仕事を隠していた瑠璃であったが、仕事道具を見られて隠しきれないと観念したのだろう、津笠にだけは黒雲のことを明かしたのだった。

「あの時わっちは鬼退治の話に驚いてばかりだったけど、今考えてみると、面を見つけたのは本当に偶然だったのかしら……？　瑠璃が言うには、面は簞笥(たんす)にしっかり仕舞っていたはずなのに、なぜか畳に転がっていたそうで。まるで狐につままれたみたいだ、って言っていたの」

――そう。狐に、ねえ。

榎本は密かに微笑(ほほえ)んだ。

何を隠そう、この榎本こそが、能面を部屋の隅に転がしておいた張本人だったのである。

　津笠は瑠璃が黒羽屋に来てからというものずっと、彼女のことを気にかけてきた。吉原の世界に突然放りこまれ、花魁という最高職に据えられて、戸惑わないはずがない。心細くないはずがない――津笠は瑠璃の目に、一抹の寂しさを見たのである。かつて自身が抱いていたのと同じ、寂しさを。

　やがて瑠璃が何やら穏やかならぬ秘密を抱えていると察した津笠は、

《もし瑠璃が他人に言えないことで悩んでいるなら、わっちは力になってあげたい。何かしらの形で、あの人を助けてあげたいと思うんです》

　榎本の社に向かい、こう心情を明かした。それを聞いた榎本は、またも津笠のために神通力を使ったのであった。

　――ちょいと面を動かしただけだもの、掟を破ったことにはならないわ。九郎助たちの心配はありがたいけど、やっぱりあたしはどうしても、この子に味方してあげたいのよね。

「お稲荷さま。わっちはね、自分でも不思議なくらい、瑠璃のことが大好きなんです。理由はうまく言えませんが」

　と、津笠はゆっくり両目をつむる。友の顔をしみじみと思い浮かべるかのように。

「口は悪いし、食い意地が張ってるし、寝坊してばかりだし。でもそんな瑠璃と一緒にいると楽しくて、自然と笑顔になれて、日々の辛さを忘れられるの。わっちは瑠璃のことを親友だと思ってるけど、瑠璃はどうなんだろう……同じだといいな」

はにかむように白い歯を見せた津笠であったが、次の瞬間、やや寂しげに声を落とした。

「……わっち、瑠璃のことを理解してあげたい、ってずっと思ってきました」

花魁の責のみならず黒雲頭領の重責まで課された瑠璃の心身には、どれだけの負荷がかかっているだろう、と。

「瑠璃から退治の話を聞くたび、鬼の心中を思って胸が苦しくなります。恨みを抱いたまま死ぬなんてそれだけでも哀しいのに、鬼となって怨念に囚われ続けるなんて、どれほど辛いことか……けれど瑠璃だって、辛いに決まってるわ。そんな鬼たちを、自分の手で斬(き)らなければならないんだから」

退治話をする時の口調こそ飄々(ひょうひょう)としているが、鬼の抱える暗闇はきっと、友の心にも影を落としているに違いない。ゆえに自分が支えなければ。津笠はそう考えていたのだという。

「……でも、もしかしたらお節介だったのかもしれない」

低い雪起こしの音が頭上で聞こえた。榎本は空へと視線をやる。

いつの間にやら吉原の上空には、暗い灰色の雲が垂れこめていた。

「瑠璃はいつだって自分の芯をまっすぐ持っているんです。だからわっちと違って、思ったことや感じたことを素直に表に出せる。そんな瑠璃が、わっちは――」

なぜだろう、津笠は不自然に言葉を切った。榎本は改めて彼女に目を凝らす。

開かれた津笠の双眸には、榎本が今まで見たことのない色が宿っていた。

――津笠……？

無表情に地面を見つめたまま、津笠は再度、口を開いた。

「……佐一郎さまが、言っていたの。瑠璃のことをいい女だって。花魁を落籍すのには千両いるけれど、それくらい自分なら何とかできる、って」

佐一郎は津笠の間夫であり、将来を互いに誓いあった男でもある。津笠が心から惚れこんだ彼の話を、榎本は幾度となく聞いてきた。

しかしこの時、佐一郎の心は、津笠から離れつつあった。

抑揚のない声は滔々と続く。

「佐一郎さまに恋をしてから生まれて初めて、譲れないと思った。だって小さい頃からの夢が、好いた人と一緒に大門を出ていくって夢が、もうすぐ叶いそうなんですもの。今まで事を穏便に済ませるためと思って色んなものを他人に譲ってきたけど……

今回だけは、あの人だけは、絶対に譲れない」

津笠がかように強い言葉を使うことが、未(いま)だかつてあっただろうか。榎本は嫌な予感がした。

「なのに佐一郎さまはきっと最初から、わっちより瑠璃の方がよかったのね。吉原一と謳(うた)われる瑠璃花魁が。誰よりも美しい、瑠璃花魁が」

津笠はつっ――と視線を虚空に漂わせる。

その無機質な目に、榎本は思わずゾクリとした。

――まさか。

直後、津笠は我に返ったかのように目を瞬(また)いた。

「いけない、わっちは……わっちは、何てことを考えて……」

己の思念に恐怖するかのごとく、津笠の顔はたちどころに蒼白になっていった。

「津笠っ」

突き動かされるように、榎本は声を張り上げる。しかし、

「ああ、わっちは何てひどい人間なの。瑠璃はわっちを裏切るような人なんかじゃない、それなのに……そうよわっちは、いい子でいなきゃいけないのに。お利口でなき

やいけないのに――」

「駄目よ津笠、それ以上は自分を追いこまないでっ」

榎本の声は、津笠には届かない。おそらくは彼女の心が今、暗雲によって覆われつつあるから。

「誰か教えて。いい子って何なの？　どういうことがお利口なの？　判らない。わっちはただ、期待に応えなきゃと思って、今までずっと……」

もう、疲れた――。

そう漏らした津笠の顔つきには、ほの暗い諦念が滲んでいた。

「そんな、津笠」

このまま放っておけばどうなるか。榎本は考えたくもなかった。

「あたしが、何とかしなきゃ」

衝動的に社の外へ飛び出そうとした刹那。

――稲荷神の〝暗黙の掟〟を、おぬしも忘れたわけではあるまい。

榎本はその場で立ち尽くした。目には見えぬ堅牢な柵が、己と津笠の間に立ちはだかっているのを感じながら。

社の屋根に、はらりと雪が落ちた。


それから、二年の月日が流れた。

夕刻の空は朱金に染まり、吉原に蟬の鳴き声が響き渡る。

つと、榎本の耳がぴくりと動く。稲荷社に向かって近づいてくる足音を聞いたのだ。

「もう瑠璃、おっそーい。たらたら歩いてないで、はい駆け足っ」

「いいんですよ夕辻さん、もう放っておいてわっちらだけでお参りしましょう」

「ちょ……冷たっ。汐音さん冷たっ」

社の中で眠っていた榎本は片目を開ける。

――おやまあ、珍しい組み合わせがあったものね。

蟬よりも騒がしい調子でやってきたのは黒羽屋の遊女たち――夕辻、汐音、そして瑠璃の三人であった。

夕辻と汐音は箒を手に、さっそく社の周りを掃き清めていく。片や瑠璃は何やらむくれた様子だ。おそらくは他の二人に半ば無理やり連れてこられたからだろう。

「何だ、わっちらが掃除しなくったって十分に綺麗じゃないか。さっさと参って帰ろうや」

「はァ……いいですか瑠璃さん？　こういうのは形が大事なんです。あなたも少しは信心というものを持ちなさいな」

「そうそう、汐音さんやわっちを見習ってね——って瑠璃には無理か、あっはは」

「何で笑うんだ夕辻？　ええ？」

低い声色で朋輩に詰め寄ってから、瑠璃は不意に、社の内側へと視線をやった。瑠璃と榎本狐の視線がぱち、と交差する。

ややあって、瑠璃は気まずそうに目をそらした。

——そんな顔しないでよ……こっちまで気まずくなるじゃない。

榎本も瑠璃から視線を外す。

これには瑠璃の馴染みの妖（あやかし）である付喪神（つくもがみ）「こま」の存在が絡んでいた。こまの処遇を巡ってひと悶着（もんちゃく）があったせいで、瑠璃と吉原狐たちは真っ向から衝突し、今なおぎくしゃくした状態が続いていたのである。

——判らないものだわ。あんな形で花魁さんと関わることになるなんてねえ……。

「はい、お稲荷さま。玉子と油揚げをどうぞっ」

掃除を終えた夕辻が、いそいそと社の前に供え物を並べる。

――ありがとう、夕辻。あなたって本当に愛嬌のある子ね。

「さあ、皆でお参りしましょう」

汐音が社の前で膝を折り、両手を合わせる。

――汐音。大人になってますます綺麗になったわね。見た目だけじゃなく、心も。

夕辻と汐音は揃って目を閉じた。

「お稲荷さま……今日は、津笠の命日です」

その名を耳にした瞬間、榎本の胸はぐっと詰まった。

「津笠さんが極楽浄土で、安らかに過ごせていますように……」

友を偲(しの)ぶ二人の声は、微かに湿り気を帯びていた。

津笠は大門から出ることが叶わぬまま、十八歳の若さでこの世を去った。黒羽屋は風邪が原因としているが、実際は違う。愛した男、佐一郎に殺されたのだ。

彼女の哀しみは死してなお消えず、そうして津笠は、鬼と成り果てた――津笠を退治したのは黒雲が頭領。すなわち瑠璃であった。

津笠の死の真相、そして白無垢道中(しろむくどうちゅう)で起きた津笠と瑠璃の戦いを、夕辻と汐音はおそらく知らないだろう。

「わっち、今でも時々考えちゃうの。こんな時は津笠ならどうするだろう、何て言うだろうってね」

夕辻が誰にともなくこぼす。

「津笠みたいな優しい女子が、どうして死ななきゃならなかったんだろうね……運命って、残酷だな」

夕辻の言葉は、榎本の心にくすぶる苦いものを呼び起こした。

——あたしは結局、津笠に何をしてあげられたんだろう。

雪起こしの音が轟いたあの時、榎本は判っていた。津笠がいずれ、憎悪を滾らせ鬼になってしまうかもしれないということを。

津笠は最期まで「いい子」でいなければならないという呪縛から逃れることができなかった。そうして抑圧し続けた感情が、彼女を鬼に変えた。

《人間に干渉しすぎることなかれ》

陀天の言葉、仲間の狐たちの忠告が、これほど重くのしかかる時が来るとどうして予想できただろう。物を動かす程度ならまだしも、人の「心」を清浄に戻すともなれば、稲荷神の掟を著しく破ることになる。

結局、津笠の運命を変えることは、榎本にはできなかった。

「運命、ね」

そうつぶやいたのは汐音だ。

「吉原は死に近い場所よ。毎日ここで誰かが死んで、大門の外へと運ばれていく。もし運命というものが本当にあるなら、わっちら遊女は吉原に来た時点で全員、運命に見放されていると言えるわね」

吉原は、女が生きるにはあまりに厳しい場所だった。遊女たちは吉原という土地を憎み、遊女という職を憎み、己の運命を憎みながら、息詰まるような年月を過ごす。

「わっちは、吉原が嫌いよ。吉原を守ってくださる神さまの前でこんなことを言っちゃ駄目だと判ってはいるけど、やっぱり……遊女にとって、吉原は地獄でしかない」

じわり、じわりと心苦しさが募る。榎本は社の中で目を伏せた。

「……けれど救いのない場所だからこそ、せめて遊女同士で支えあわなくちゃ。遊女の苦しみを真に理解できるのは、同じ遊女しかいないんだから……津笠さんならきっと、こう言うでしょう」

夕辻と瑠璃を順々に見やり、汐音はふわりと口元に笑みをたたえた。

「津笠さんは、吉原で懸命に生き続けた。わっちらの心を救いながら。だからわっちらも、津笠さんの分までここで生きていきましょう。皆で支えあってね」

そしていつの日か、自分の足で大門をくぐって——。

津笠の成仏をひとしきり祈った後、夕辻と汐音は名残惜しそうな顔をしつつ立ち上がった。

二人が社から去っていくのを横目で見ながら、一方で瑠璃は、なぜかその場に留まっている。

「……榎本。そこにいるんだろう」

榎本は返事をしなかった。瑠璃は構わず言葉を継ぐ。

「津笠は毎朝ここを参拝してたんだよな。わっちや他の朋輩にだって言えないことも、お前さんの前でなら話してたのかな」

唐突に、瑠璃の顔が煩悶に歪んだ。

「わっちは、黒雲の皆に誓ったんだ。過去ばかりに囚われず、前を向くって……でもこの時期になるとどうしても考えちまう。わっちが津笠をきちんと支えていたなら、もっと話を聞いてやっていたなら、って」

その懺悔は、榎本の胸を激しく打った。

——花魁さん……。

本当に、ただ見守ることしかできなかったのか。たとえ稲荷神の掟を破ることになろうとも、津笠のためにできることが、何かあったのではないか。悔いは月日が流れても薄れることなく榎本を苛(さいな)み続けてきた。

――あたしは一体、どうすればよかったの。

黒雲頭領として、友を自らの手で斬り伏せなければならなかった瑠璃。神としての存在意義に迷い続けてきた自分。二つの苦悩はまったく違うようで、根底は同じなのかもしれなかった。

重い沈黙が流れる中、

「……津笠。聞こえるか」

と、瑠璃が静かに両手を合わせた。

「お前さんはいつまでも、いつまでも、わっちの親友だよ」

彼女の目の端には、光るものがあった。

「今も会いたくてたまらないよ……いつかわっちがそっちに行った時は、また一緒に茶でも飲みながら、色んなことを話そうな。何でもない話をして、たくさん笑おうな。それまでどうか、安らかに……」

やがて合掌(がっしょう)を解くと、瑠璃は静かに踵(きびす)を返した。

「待って」

驚いた表情で振り返る瑠璃。榎本はその瞳をまっすぐに見つめながら、思いを巡らせた。

神として、己はどうしたいのか、、、、、と。

「花魁さん。あたしは、あたしはね……」

悔いはこの先もきっと消えないだろう。だがもう二度と、同じ後悔はしない。

「あたし、決めたの。もしお前さんが何か大きな困難と直面した時、あたしは、お前さんの味方になる」

瑠璃の目が大きく見開かれた。突然の宣言に面食らったようだ。

「でも、他の狐たちが許さないだろう。九郎助はともかく、あとの三匹はわっちのことが嫌いみたいだし」

「こま坊を仲介役になさい。そうすればあたしがこま坊と一緒に皆を説得してみせるわ。そんなわけだから、困ったことがあれば言うのよ、いいこと？」

「榎本……どうしてそんな風に言ってくれるんだ？　てっきりお前さんも、わっちのことが嫌いなんだと思ってたのに」

榎本はゆっくりと首を横に振る。

脳裏には、かつて大切に思いながらも救えなかった、心優しき女子の笑顔が浮かんでいた。

——あの子が大切に思っていた人間を、嫌いになんてなれるわけないじゃない。

しばしの間を置いて、榎本は凜然とした声でこう返した。

「我こそは吉原守護が一柱、榎本なり——ってね。つまりは遊女を守るのがあたしの、吉原狐の務めよ」

「……そうか」

いち遊女として、黒雲頭領として思うところがあったのだろうか。「ありがとう」と述べた瑠璃の声には、切実な響きがあった。

「ちょいと瑠璃さん、いつまでそこに突っ立ってるんです？　夜見世の支度が待っていますよ、早くいらっしゃいな」

「また置いてっちゃうよおっ」

汐音と夕辻の呼ぶ声がする。手の平で目尻を乱暴にぬぐうと、瑠璃は社に向かって深々と礼をした。

「ああ、今行くよ」

社から離れていく背中を見つめ、榎本はひとり小さく吐息をつく。

——ねえ津笠。あなたの親友も、あなたのことが大好きだったみたい。あなたの想いはこれからも、あの子たちの中で生き続けていくんでしょうね。

人の悔いがあれば、神の悔いもある。吉原とは何と業（ごう）の深い場所なのだろうと、榎本は思わずにはいられなかった。

だがこの地に生きる命がある限り、健気な祈りのある限り、それらを慈悲の眼差しで見つめ、そして手を差し伸べるのが、神たる使命なのかもしれない。

黄昏の空は間もなく漆黒の闇に包まれるだろう。されど榎本の瞳には、軽口を言いあいながら歩いていく三人の後ろ姿が、闇の中で照り輝く光に見えた。

——津笠。あたしはもう、後悔しない。あなたが大切に思っていたあの三人のために、稲荷神として力を尽くすと誓うわ。いつかあの三人が、生きて吉原を出られる、その日まで……。

# 第四話　鳩飼い

薄赤い月が天頂に満ちる中、柚月の瞳は恐怖に揺れていた。どくん、どくんと心の臓が騒がしく胸を叩く。唇はわななき、足は根が張ったかのごとく動かせない。

童女の鼓膜を女の叫び声がつんざいた。

「惣之丞さま、お助けをっ」

夜鷹が地面に伏したまま請う。隣には喉から血を垂れ流した女衒の男。男は、すでに息絶えていた。

「早く封印の術を、このままじゃあたしまで殺されてしまー――」

その時、夜鷹の足元にぬっ、と影が現れた。

黒い肌。額から突き出た二寸の角――鬼は這って逃げようとする夜鷹に向かい、にちゃ、と恍惚とした笑みをたたえてみせる。

大きく裂けた鬼の口元からは、生々しい血が滴っていた。

「ひ……っ」

夜鷹の目に戦慄が走った。両腕を地にこすり、あらぬ方向に折れ曲がった足を引きずりながら、無我夢中で鬼から距離を置こうとする。

「惣之丞さまっ」

声を嗄らし、夜鷹が再び叫ぶ。

「なぜ術を使わないのですか。結界役が二人とも死んでもいいというのっ？」

「……結界役、か」

柚月の耳に、今度は冷たい声が響いた。

惣之丞は夜鷹を斜めに見下ろしたまま、鼻で笑った。

「結界を張り損じて殺されそうになってる奴がよく言えたモンだ。死にたくなけりゃお前の結界でもう一度、動きを封じればいいだろう」

「そんな……この足じゃもう立てない、結界も張れません」

ねえ惣之丞さま、と夜鷹は猫撫で声を使って懇願する。

「助けてくれたら何でもするわ。この体をどう扱ってくれてもいい。あたしの体は具合がいいって評判なのよ、あなたも試してみたいでしょう？　だからお願い、助けてよっ」

だが惣之丞は傍観するばかりで一歩たりとも動こうとしない。夜鷹の顔に絶望が差すのを、柚月は見てとった。

「おのれ、惣之丞」

絶望は次第に憤怒へと変わっていく。

「誰のお陰で傀儡師になれたと思ってる？　何も知らないただのガキだったお前に、誰が姦巫の真実を教えてやったと思っ――」

瞬間、鬼の黒い足が、夜鷹の背を踏みつけた。凄まじい衝撃が背骨に伝わり、夜鷹は絶叫する。

次いで鬼はゆっくりと、夜鷹の頭に片足を置いた。

「嫌……何であたしが、こんな目にあわなきゃならないのさ」

夜鷹の目が惣之丞から離れる。虚ろに宙空をさまよった視線は、やがて、

「ふふ。柚月、あたしの可愛い柚月……」

名を呼ばれた童女は思わず身をすくめる。

夜鷹の口元には、不吉な笑みが浮かんでいた。

「見てごらん、これがあんたの未来だよ。鬼に関わった人間が人並みに死ねると思う？　あんたもいずれ、あたしと同じ死に目にあ――」

ぐちゅ。

夜鷹の言葉は、鬼に踏み潰されて途切れた。血しぶきが辺りに舞い散り、目玉が一つ、勢いよく飛び出して地を転がる。

柚月の喉は恐怖で締まった。全身が激しく震えて止まらない。頭の中が瞬く間に真っ白になっていく。

ころころ――。

足元まで転がってきた血みどろの目玉は、無言で柚月を見つめていた。

「……さあて、そろそろやるか」

一方で惣之丞はおもむろに動きだした。眼前に広がる惨状など意にも介していないのか、気怠い様子で首筋をさする。

鬼が夜鷹の死骸から離れ、今度は柚月に向かって近づいてくる。声を上げることすらできず固まっている童女に向かい、黒く染まった腕を伸ばす。

「……っ」

しかし、鬼の腕が柚月を捕らえることはなかった。

「二寸の角か。大した戦力にゃならねえだろうが、〝餌〟としてはまあまあだな」

惣之丞は呪を唱えた。途端、鬼の動きがぴたりと止まる。歪んだ口元から苦しげなうめき声が漏れ始める。

惣之丞は懐から「封」と書かれた紙を取り出すや、

「ほらよ、これでいっちょ上がりだ」

とん、と鬼の背中に呪符を貼った。

それを最後に、鬼はうめき声すらも上げることなく完全に沈黙した。

「はっ。この程度の雑魚ですら動きを封じられねえで、何が結界役だ。てめえの非力さを棚に上げて俺に恨み言をぬかすんだから、始末に負えねえよ」

惣之丞は言いながら、白けた顔で女衒と夜鷹の死骸を交互に見やっている。

一方で柚月は、地に転がった目玉を凝視したまま、その場で放心し続けていた。

——死ん、だ。あの女が、死んだんだ……。

夜鷹は常日頃からこう言っていた。


——あたしが、あんたの母親なの。親ってのはね、自分の子をどうとでもしていいって決まってるのさ。子どもを生かすも殺すも親次第……だからあんたは、何があってもあたしに従うこと。あたしに逆らわないこと。いいね?

母親が死んだというのに、不思議と喪失感は湧いてこなかった。むしろ安堵すらしている。自分に苦痛を強いてきた夜鷹はもういない。ようやっと、辛い日々から解放されたのだ。

それなのに何ゆえ、こんなにも空しくてたまらないのだろう。

——あっけないな。最期はこんな、目玉だけになっちまうなんて。

柚月の胸に広がっていたのは虚無感。そして、漠とした心細さだった。

——死んでいい気味だって、ざまあみろって、思うはずなのに。あの女が死んだら、あたしはこれから、どうやって生きていけばいいんだろう……。

「……おい。おいお前、聞こえてんのか？」

「あ……」

柚月はようやく我に返った。どうやら話しかけられても気づかぬくらい呆然としていたようだ。地面に転がった目玉から、惣之丞の顔へと視線を転じる。

片や惣之丞はやれやれ、と嘆息したかと思うと、しゃがみこんで童女と視線の高さをあわせた。

江戸に出没する鬼を狩る暗躍組織、「鳩飼い」——惣之丞は、鳩飼いの頭領である。

木挽町に位置する歌舞伎小屋「椿座」にて女形を務める彼は、くっきりとした左右対称の二重まぶたに鼻筋が高く通り、ぞくりとするほど妖しげで、美しい顔立ちをしていた。

「お前、確かこの夜鷹に結界のいろはを仕込まれたんだったな」

「……はい」

「そういやお前の名は、何ていうんだったか？」

惣之丞の顔が己の間近にあることに、柚月はうろたえた。仲間であるはずの夜鷹も女衒も見殺しにした彼は、これから自分をどうするつもりなのだろう。

「おい名前だよ、名前。名無しの権兵衛(ごんべえ)ってこたねえだろ？」

「ゆ、柚月です、惣之丞さま」

すると惣之丞は顎に手を当てつつ、柚月の全身を吟味(ぎんみ)するように眺め始めた。

童女の体にはいくつもの痣(あざ)や真新しい生傷があった。誰かにいたぶられた痕(あと)であろうことは、見るに明らかだ。

傷痕を見られているのがどうにも落ち着かず、柚月は下を向いた。

「まあ……結界師としての力は、申し分ないみたいだな。何なら死んだ二人より素質がありそうだ」

惣之丞は傷痕には言及しなかった。

「柚月。俺と一緒に来い」

「えっ？」

心の臓がまたも大きく鼓動した。だが恐ろしさは、もはやない。

噛みしめるがごとく口の中で繰り返す。

「一緒に……」

「ああ。これからはお前が、鳩飼いの結界役だ」

途方に暮れていた心に、一条の光が差しこまれたようだった。自分の名を呼ぶ惣之丞の声に、自分を見つめる瞳に、柚月はどこか運命的なものを感じていた。

「あたしを、必要としてくれるんですか……？」

惣之丞はそれ以上、何も言わなかった。立ち上がって身を翻(ひるがえ)す。その背中がまぶしく見えて、柚月は我知らず目を細めた。

——ああそうか。この人が救ってくれたんだ。あの女と過ごす、暗くて冷たい毎日から。そしてあたしに、生きる道を示してくれたんだ……。

物心ついた頃から黒白(こくびゃく)だった世界に、初めて、鮮やかな色がついた気がした。

向島(むこうじま)の外れにある、寂れた一軒家。

柚月は煙管(キセル)に刻み煙草(たばこ)を詰めている惣之丞に向かい、いきいきと語りかけた。

「惣之丞さま、見てくださいっ。俺も入れ墨を彫(ほ)ったんです。惣之丞さまと同じ入れ墨を、ほら」

童女の足首にあったのは鳩の入れ墨。すなわち鳩飼いの構成員たる証であった。

惣之丞は柚月の足首を一瞥(いちべつ)するも、つまらなそうに視線を戻した。

「そんな命令を下した覚えはねえぞ」

すげなく言って、煙を吸いこむ。てっきり喜んでもらえると思っていた柚月はしゅんと首を垂れた。

「それに、その格好は何なんだ」

惣之丞は柚月の出で立ちを横目で見ながら問うた。灰色の着物に、焦げ茶の帯——あたかも男のような組み合わせである。

「古着屋で揃えてみたんですっ。これが一番いいなと思って。あの、もしかして変ですか……?」

「……別に。あまり無駄遣いをするんじゃねえぞ」

はい、と柚月は顔を輝かせた。

惣之丞は新たな結界役となった柚月に、日々の生活で入り用な金を十分すぎるほど渡していた。ただ、同じ屋根の下で暮らすことはしない。

──あらかじめ言っとくが、俺はガキの世話なんかするつもりはねえ。てめえで勝手に生きろ。

こう告げて自身は椿座に留まり、柚月をここ「地獄」に置いていたのだった。

地獄とは、素人女を集めた売春施設のことをいう。もっとも、惣之丞が経営する地獄にいる女は、普通の女ではない。

「犬鬼(けんき)の様子はどうだ。問題なさそうか」

柚月はこくりと首肯(しゅこう)した。

「折れた骨もすっかり元どおりになりましたし、お客の前でもちゃんと大人しくしていますよ」

この地獄で客の相手をするのは、惣之丞が鬼狩りによって傀儡にした鬼女であった。彼女らの体は氷のごとき冷たさで、頭は角を隠すための白頭巾で覆われている。客に何をされようと抵抗もしなければ声を発することもない。それが「死体を抱いているようだ」と、常人とは異なる嗜好の男たちに好評なのである。

「ならいい。怨念が膨(ふく)れたら〝首塚(くびづか)〟へ連れていく。それまで客と交わらせ続けろ」

「……かしこまりました」

平然と命じる惣之丞に対し、柚月はただ首を縦に振るのみだ。たとえ傀儡たちに、憐憫の情を抱いていても。

口を利かない傀儡たちだが、意識がないわけではない。意に反して男との房事を強要された傀儡の内側では、じわじわと怨念が膨れ上がっていく。惣之丞はそうして十分に怨念が熟成されたところで、傀儡を「首塚」に捧げる。およそ八百年前、悲運なる生涯を遂げた武将、平将門の首塚に。そのためにこそ地獄はあるのだ。

鳩飼いはかの武将を鬼として現世に蘇らせ、徳川幕府を壊滅させることを使命としていた。その根底にあるのは帝との約束である。

幕府転覆が果たされた暁には、世に定着した差別制度を、完全に撤廃しよう――帝の提示してくれた「差別撤廃」は惣之丞の悲願であり、鳩飼いとして暗躍し続ける理由であった。

――惣之丞さまの願いは、俺の願い。

恩人である男の横顔を見つつ、柚月は胸の内でつぶやいた。

――惣之丞さまは俺に居場所をくれたんだ。だから惣之丞さまのためなら何だってしてみせる。必要としてもらえるなら、どんな辛いことだって……。

幕府転覆、そして差別撤廃という大志を抱く惣之丞。整った彼の面差しからは些かの迷いも、恐れすらも感じられない。孤高の人である惣之丞は幼い柚月にとって憧れの対象であった。女だてらに男の格好をするようになったのも、惣之丞に少しでも近づきたいと思ったからだ——もう一つ、別の理由もあるのだが。

「今のところ計画は順調そのものだ。戦闘用の傀儡も、着々と揃ってきているしな」

と、惣之丞は煙管の吸い口を噛みながら満足げに開陳する。

「花扇、花紫……思ったとおり、高位の遊女ってのは悩みが多い割には味方が少ないモンだ。溜めこんだ鬱憤を少しいじってやるだけで生き鬼にできるんだから、哀れな女たちだよ」

「残るは雛鶴と瀬川の二人。もうすぐ四君子が揃いますね」

天井に向かって立ちのぼる煙を目で追いながら、柚月は相槌を打つ。

さりとて童女には一つ、懸念もあった。

「……あの、惣之丞さま。雛鶴を生き鬼にするには、あの瑠璃という女が邪魔になりやしないでしょうか」

ほんの一瞬、惣之丞の顔つきが変わった。柚月は気づかずに続ける。

「雛鶴と瑠璃をあえて接触させる必要はなかったのでは？」

「つまりお前は、何が言いてえんだ」

「……惣之丞さまはなぜ、あの女にそこまでこだわるのですか」

すっ、と惣之丞は柚月に眼を据えた。剣呑な気が部屋の中に漂い始める。静かな怒りを感じ取った柚月はおののいた。

吉原の花魁、瑠璃。惣之丞の義理の妹であり、鳩飼いにとっての敵組織「黒雲」の頭領でもある女だ。

瑠璃の話になると惣之丞は決まって不機嫌になる。だがそこにあるのは果たして、黒雲への敵対感情だけだろうか。他にも何か理由があるのではと柚月は推していたのだった。

しかしながら、

「こだわる、だと。俺が、あの女に……?」

余計な詮索をしたと、柚月はたちまち後悔した。だが止めねばと思えば思うほど、言葉は勝手に口から流れ出て止まらない。

「今戸の竹林で鳩飼いのことを明かした時もそう、吉原俄の時だって、わざわざ狛犬を使ってまであの女と接触しましたよね。そんなことをする必要は、本当にあったのでしょうか?」

惣之丞の頬がぴく、と引きつる。

ついに柚月は、最も気がかりだった疑問を口にした。

「もしや、惣之丞さまにとってあの女は……敵であり、義理の妹であるという以上に、特別な存在なんじゃありませんか。惣之丞さまはあの女のことが――」

そこまで言って、童女は言葉を切った。物凄まじい殺気を感じたからだ。

惣之丞は柚月を冷徹な目で睨み据えていた。

「それ以上、ほんの少しでも妙なことを言えば……柚月。俺は、お前を殺す」

殺気に気圧された柚月の口からは、浅い呼気しか出てこない。まるで蛇に睨まれた蛙だ。胸の内をあっという間に恐怖が埋め尽くしていく。

さりとて柚月が真に恐ろしいのは、惣之丞に殺されるかもしれない、ということではなかった。

――どうしよう、俺は何てことを……怒らせるようなことを言って、惣之丞さまはもう、俺を必要としなくなってしまうんじゃ……。

「も、申し訳ございません、どうかお許しを。もう二度と、言いませんから」

惣之丞に、捨てられてしまうかもしれない。彼のそばにいられなくなってしまうかもしれない。それが童女にとって、何よりも恐ろしくてたまらないことだった。

目に涙を溜めて詫びる柚月を、惣之丞は無表情に眺めるばかりであった。

——どうして惣之丞さまは、俺を救ってくれたんだろう。

地獄の二階にある一室に、ゴリ、ゴリと鈍い音が鳴る。

柚月は一体の傀儡から骨を採取していた。

傀儡となった鬼女には、四肢がない。すでに両腕と両脚の骨を削り尽くしたからだ。鳩飼いは生前の身元すら定かではない彼女の体から少しずつ、少しずつ骨を採取しては、その骨で結界に使う矢じりをこしらえてきたのである。夜鷹と女衒が死んでからというもの、この仕事は柚月が負うことになった。

「はあ……はあっ」

静まり返った地獄の中で、聞こえるのは童女の呼気と、鋸を引く音のみ。鬼女は痛みを感じているのか否か、些かも反応しない。

突如、柚月は鋸を取り落とした。腑が一気にせり上がってくる。こらえきれず、その場で胃の中のものを吐き出した。

「……っ、ぐ、ううっ」

涙がぼろぼろと頰を伝う。頭がどうにかなりそうだった。

――俺はいつまで、こんなことをしなくちゃならないんだろう。

禁裏と幕府の対立など、柚月にとってみれば現実味のない話でしかない。差別の問題とて然り、人が人を虐げることに違和感を覚えこそすれ、憤りまでは湧いてこない。夜鷹との荒みきった生活しか知らない柚月は、「普通の暮らし」「平和な暮らし」がどんなものかを知り得ないのだった。

そんな柚月を突き動かす力は、ただ一つ。

主、惣之丞の存在だ。

惣之丞は不思議な男であった。目的のためなら手段を選ばず、他者を犠牲にすることすら躊躇しない。かように冷酷な思想を持っているかと思えば、反面、どうしようもなく人の心を惹きつける何かがある。彼が千両役者たりえているのはその美貌もさることながら、求心力も少なからず影響しているのだろう。

――辛いか、柚月。

以前、惣之丞にかけられた言葉を思い出して柚月はハッとした。

惣之丞は自分に意見を求めることをしない。労いの言葉も気遣いの言葉も述べはしない。だが一度だけ、骨の採取をして今と同様に嘔吐してしまった時、たまさかその場にいた彼は自分を見つめ「辛いか」と尋ねた。

柚月は大いに驚いた。と同時に、胸の内では自ずと、過ぎた日々のことを思い起こしていた。

——苦しそうにするんじゃないよ、わざとらしい。

体調を崩し嘔吐した際、夜鷹はいつも甲高い声で柚月を罵倒し、薄汚れた布切れを投げつけてきた。自分のモンは自分で始末しな、と忌々しげに言い捨てて。

柚月は夜鷹からろくな食べ物を与えられていなかった。腐りかけの飯で食あたりを起こすことも頻繁にあった。それでも柚月は、夜鷹の反応が世間一般の「普通」なのだと、己に言い聞かせていたのだ。

——辛いか、柚月。

惣之丞の顔からは、常と同じく感情が読み取れなかった。ただ、夜鷹の蔑むような目と、惣之丞の目は違っていた。

柚月はすぐさま首を横に振った。平気です、と笑顔で取り繕った。すると惣之丞は「そうか」とだけ小声でつぶやいて、その場から立ち去っていった。

潔癖のきらいがある彼ならてっきり、夜鷹と同じ反応をすると思ったのに——柚月は惣之丞のたった一言が、純粋に嬉しくてたまらなかった。たとえ心の内が判らなくとも、多くを語ってはもらえなくとも。

——弱音を吐くな。

暗い部屋の中でひとり、柚月は歯を食い縛って立ち上がる。

——惣之丞さまのために、どんな辛いことも、酷なことでも耐えてみせるって決めたんだ。俺は、惣之丞さまの相棒なんだから。

夜鷹と女衒を見殺しにした後、惣之丞はこう述懐していた。

——お前も夜鷹から聞かされてただろ、あいつらの望みは姦巫一族が分家の再興だった。だから分家の血と傀儡師の力を引く俺を、てめえらの頭領に祭り上げた……でも俺は、分家の再興なんざどうでもいいんだよ。

惣之丞の望みはあくまでも差別撤廃にある。異なる志を持つ者は、いずれ計画の妨げになるだろう。ゆえに惣之丞は二人をあえて見殺しにしたのだった。

そう考えると、彼は進んで柚月を夜鷹から解放してやろうとしたのではない。結果として柚月は救われた、ただそれだけなのだ。

「でも、それでいいんだ」

柚月は小さく独り言ちた。

「惣之丞さまは俺の力を必要としてくれた。地獄の管理まで任せてくれてるんだから、必ず、お役に立たなくちゃ」

惣之丞を落胆させることなど、絶対にあってはならない。自省するようにつぶやき、童女は再び鋸を手に取った。


夕暮れ時、柚月は地獄を出て法性寺へと向かう。新規の客と会うためだ。きっちり金を払う力があるのか、地獄の実態をみだりに他言しない人物か、まずは事前に品定めせねばなるまい。

——今度の客は、確か侍だったな。

くうん、と鳴き声がして、童女は己の傍らを見やった。

「柚月どの、この首輪を外してほしいのだ」

狛犬の付喪神が、苦しそうな顔で地面に伏せていた。柚月は眉間に皺を寄せる。

「どうせ首輪を外したら逃げるつもりなんだろ。いいから立てよ、ほら早く」

首輪に繋いだ綱を引っ張ると、狛犬は切なげな鳴き声を上げた。

「い、痛いのだっ。この首輪、何だか棘があるみたいにチクチクして……」

「そりゃそうさ。お前が変な気を起こさないように、呪術を込めてあるんだから」

「引っ張らないでっ、痛い、痛いよう」

狛犬はとうとう泣き出してしまった。うら哀しい涙声に、柚月の胸はちくりと痛んだ。

この狛犬は神田明神（かんだみようじん）にいたところを、惣之丞が黒雲への密偵として使うべく連れてきた。言うことを聞かせるため、仲間の狛犬たちの命を盾にしてある。

「首輪がなくても逃げないぞっ。誓うから、だから——」

「ああもう、うるさいなあっ。言っとくけど、もし逃げたら神田明神の狛犬を一匹残らず叩き壊してやるからな」

できるだけ怖い声音を作って念押しする。狛犬はコクコクと頷いた。

「ふう、やっと楽になったのだ。ありがとう柚月どの」

首輪を外してやると、狛犬は心底ほっとしたように笑顔を見せる。片や柚月はそっぽを向いた。

「礼を言うなんて馬鹿じゃねえの？　お前、自分の立場ってモンを判って——」

「むっ、あっちから何だかいい匂いがするのだ。お饅頭（まんじゆう）かなあ」

「聞けよッ」

だが狛犬は彼方（かなた）を見つめ、物欲しそうな顔で舌を出している。

「柚月どのっ。拙者（せっしゃ）、腹が減ったのだ」

「はァ？　何だ、寄り道しろってのか？」

どうやら妖（あやかし）も空腹を覚えるものらしい。脅されている身で菓子の要求をするとは、はてさて、肝（きも）が据わっていると言うべきか。柚月はすっかり気が抜けてしまった。

——まだ約束の時間まで余裕があるし、別にいいか。

「仕方ねえ奴め……今日だけだからな」

「やったああっ」

飛び上がって喜ぶ狛犬を睨みながらも、童女はその実、緩みそうになる頬を懸命に力ませていた。

菓子屋で買ったふかしたての饅頭を差し出してやると、狛犬はちぎれんばかりに尾を振った。

「うま、熱っ。熱うまっ」

「静かに食え」

自身も饅頭を頬張りつつ、柚月はつくづくと灰色の毛並みを眺める。

――ふわっふわだな……触ったらどんな感じがするんだろう。

何気なく狛犬の背へと手を伸ばした矢先、

「ご馳走さまでしたっ。花魁どのにもらった饅頭ほどじゃないけど、なかなか美味だったぞ」

「……何？」

柚月の顔が強張った。

花魁とは聞くまでもなく黒雲頭領、瑠璃のことであろう。

「花魁どのはものすごい大食らいで、いつも大量のお八つを買いこんでいるのだ。拙者や他の妖にも分けてくれてな」

たまにだけど、と笑う狛犬を見て、柚月の心に不快な感情が染み渡っていく。

「そうだっ、次は柚月どのの分ももらってきてしんぜよう」

「いらねエよ、女郎が買った菓子なんて」

柚月は食い気味に唾棄すると再び歩きだした。

「え、柚月どの？　何ゆえ怒るのだ？　拙者は約束どおり、花魁どのの報告をしたまでだぞ」

「うるさい喋るなっ」

なぜこんなにも苛々するのだろう。柚月は自分でも判らなかった。

――何が花魁だ、アホらしい。

狛犬を偵察にやる傍ら、柚月自身も吉原に赴き、瑠璃を観察したことがあった。男たちを魅了する類まれなる美貌、妖艶(ようえん)な微笑み(ほほえ)――その姿を目にした柚月は、もやもやとした感情が湧き上がってくることに戸惑った。己の胸に、忙しなく渦を巻く感情。これが世間の言う嫉妬なのだろうか。

同時に思い浮かぶのは惣之丞のことだ。瑠璃の話題になった時の、惣之丞の顔。深い憎しみと、それに相反する「何か」が交差したような表情は、いつも柚月の胸を締めつけてやまない。

――あんな女、さっさと始末しちまえばいいのに……惣之丞さまにとって、あの女は何なんだ。

年端も行かぬ柚月には、恋心というものが今一つ理解できない。女として男を愛する、という感覚を明瞭に持っているわけではない。ただ、惣之丞を深く敬慕しているのだけは確かだ。

惣之丞の心を占拠する、瑠璃という女の存在は、童女にとって何より許しがたいものであった。

柚月は立ち止まって背後を顧みる。

「……なあ、犬」

狛犬はしおしおと耳を伏せながらも、律義に柚月の後ろをついてきていた。

「お前、恋って知ってるか？」

「こ……？　おお、もちろん知ってるぞっ」

妖も恋をするのかと驚く柚月に対し、狛犬は自信たっぷりに胸を張る。

「お池をすいすい泳ぐやつであろう？」

それはおそらく「鯉（こい）」だ。

「……もういい、やっぱ喋るな」

「何でなのだあッ」

狛犬は解せない、とでも言わんばかりに吠え立てる。柚月の周囲をぐるぐるとまわり、そのうち楽しくなってきたのか足元にじゃれついて腹を見せる。

「馬鹿やめろって、こらっ」

そう叱りつつも、柚月は心がじんわりと安らぐのを感じていた。一人と一匹の姿は、傍から見れば間違いなく、飼い主と飼い犬の姿であろう。

だがその時、

――情は捨てろ。

柚月の耳に、惣之丞の声が迫った。

狛犬の世話を柚月に託した折、惣之丞はこう釘を刺していた。最低限のこと以外は話すな、名前もつけなくていい、と。

惣之丞は、すでに将門を復活させる「魂呼（たまよばい）」の儀式を開始していた。地獄で怨念を溜めさせた傀儡たちも、続々と首塚に投入されつつある。鳩飼いの計画は最終段階に差し掛かっているのだ。

惣之丞は目的を果たす上で邪魔なものや不必要なものを、徹底的に排除する男。夜鷹と女衒も然り、「情」もまた、彼の中では「不要なもの」と区分されるのだろう。情があっては大事を成し遂げられないからだ。

――将門公が復活したら、俺は、どうなるのかな。

結界は鬼の動きを封じるためにある。したがって将門を操り江戸城を襲う際、結界はむしろ邪魔になってしまう。結界師は無用の長物となるのだ。

柚月は、自分が遅かれ早かれ惣之丞から必要とされなくなることを、幼心に悟っていた。

――惣之丞さまにとって、俺は一体、何なんだろう。

その時が来たら、彼は自分を捨てるのだろうか。

――俺は、結界師というだけしか、あの人にとって価値のない人間なのかな……。

「それ逃げろ、鬼が来るぞぉ」

柚月の歩く田んぼ道に、子どもの笑い声が聞こえてきた。

目を眇めれば遠くの方で、四人の子らが影踏みをして遊んでいる。歳は柚月とさして変わらないくらいだろうか。

「待あて待てえっ」

「鬼さんこちら、手の鳴る方へ」

きゃっきゃと笑いあう子らの姿は楽しげで、不安や心配、恐怖など、微塵も感じられない。きっと日が暮れれば各々の家に帰るのだろう。両親が待つ、温かな家に。

あれが普通の暮らしなのだろうか。

平和というのは、ああいうことを言うのだろうか。

――何だか、違う世界を見てるみたいだ。

柚月は親の愛情というものに触れたことがない。夜鷹との生活を経て学んだのは、独りの寂しさだけだ。

ふと、惣之丞は今ごろ何をしているだろうかと考える。彼は椿座の自宅に人を寄せつけたがらなかった。同じ鳩飼いである柚月も遠ざけ、彼は今、心に何を思っているだろうか。

――惣之丞さまは、独りでも寂しくないのかな……。

柚月は田んぼ道に立ち尽くしたまま、長い間、子らが遊ぶ様を見つめていた。

法性寺で会った侍は、客としての条件を満たす男であった。後日さっそく地獄にやってくるや、侍は十両もの金を柚月に手渡した。十両と言えば花魁の揚げ代と同じ額。かなりの大金である。

事が終わるまで、柚月は控え部屋で待つのが常だ。隣の部屋から聞こえてくるのは男の荒々しい咆哮(ほうこう)ばかり。当然ながら、女の声は聞こえてこない。

――長い……早く終われよ。早く、早く。

布団がこすれる音。悦に入る男の声。柚月は耳をふさぎたくなる衝動に駆られた。

この時間は童女にとって最も辛く、耐えがたいものだった。夜鷹と暮らしていた頃、毎日のように目にしていた男女のまぐわい。仕事を終えた後、夜鷹は決まって不穏な笑みを浮かべながら柚月に歩み寄り、そして――。

夜鷹が死んで数年の時が経ったにもかかわらず、心の傷は、未だに童女を苛み続けている。

「終わったぞ」

客の声を聞き、柚月は現実に引き戻された。預かっていた二本差しを携え、急いで控え部屋を出る。

「此度はおいでくださいまして誠にありがとうございました。不都合なことは、ございませんでしたか」

玄関でいつもの決まり文句を言えば、

「いいや、最高だったよ」

と侍は薄ら笑いを浮かべた。

年の頃は四十ほど。前回会った時に聞いた話によると、吉原や一般的な岡場所には飽きてしまい、変わった趣向を供する遊び場を求めていたのだとか。

「あの女たちにどんな教育をしているんだい？　どれだけ責め立てても声一つ上げないものだから、本当に屍姦をしている気になってぞくぞくしたよ……秘密の遊び場、何とも素晴らしいところだ。近々また来よう」

ありがとうございます、と辞儀をしながら、柚月は反吐が出そうだった。

——笑え、笑え。惣之丞さまのために。

侍を見送るべく玄関先まで出る。空には朧月が浮かんでいた。

地獄の周辺に広がるのは田畑のみで、人気はない。

「時にお前さん」

襟を整えていた侍が、去り際、柚月の顔にまじまじと視線を据えた。

「前に私とどこかで会わなかったか？」

質問の意味が判らず、柚月は内心で首を傾げる。

「法性寺でお会いした時のことでしょうか」

「いや、もっと前だ……ああそうか。思い出した」

侍の顔に、にやあ、と下卑た笑みが広がった。

「和泉橋の下にいた夜鷹を、知っているな」

柚月は虚を衝かれて硬直した。

一方で侍は「やはりな」と笑みを深める。

「お前、あの夜鷹に飼われていた女子だろう。夜鷹ともども姿を消したからどこに行ったのかと思っていたが、まさかこんなところにいたとはな」

侍は死んだ夜鷹の客だったのだ。当時の記憶を何とか消そうと努めてきた柚月は、言われるまで侍の顔を思い出すことができなかった。

「男の格好なんぞしているから、気づくのが遅くなったじゃないか。あの夜鷹はどうしたんだ？　ん？」

「あ、あの人は、死にました……」

そうか、と言う男の口調には、何の感慨も込められていなかった。

「夜鷹に育てられ、次は男の格好をして地獄で働くとは。お前もとんだ好き者だね」

侍は柚月の頭のてっぺんから爪先までを舐めるように見る。

「それで？　こんな仕事に手を染めているからには、お前も金を取るのだろう？」

「え……？」

どういう意味だ。この男は一体、何を言っているのだろう。困惑する頭はうまくまわらない。

と、侍はいきなり柚月の顎をつかんで上を向かせた。

「まだ体は小さいが、もうおぼこではないんだろう？」

言うなりぐっと顔を近づけてきた。

「おやめくださいっ」

柚月は必死に侍の手を逃れる。玄関の内へと駆け、引き戸を閉めようとする。しかし追いついた侍に阻止されてしまった。

「嫌だ、離してっ」

玄関から無理やり引きずり出され、地面に組み伏せられる。侍は息を荒くしながら柚月の体をまさぐった。

「ふふ、判っているよ。そうやって抵抗してみせることで男を煽っているんだろう？優しくしてやるから、力を抜いてごらん」

不意に、男は動きを止めた。柚月のはだけた下半身へと視線をやる。

童女の股には、裂けたような痛々しい傷痕があった。

「ははっ。何だ、やっぱり経験済みなんじゃないか」

「ち、違――」

「しかしこんな痕が残っているとは、ずいぶん手荒にやられたものだな」

嘲るような男の高笑いは、柚月の心の、最も他人に触れられまいとしていた部分を深くえぐった。

傷跡は、他の男につけられたものではない。夜鷹にやられたものだった。

わずかな銭と引き換えに春をひさぐ夜鷹は、己の身の上をいつも嘆いていた。そしてその憂さを、幼い柚月で晴らしていた。

――あたしと同じ苦しみを、あたしと同じ痛みを、お前にも味わわせてあげる。

そう言って、夜鷹は男根を模した張形(はりがた)を、強引に柚月の股ぐらへ突っこんだ。股が裂け、血が流れようと、柚月がどれだけ泣き叫ぼうとも、「いい気味」と高笑いをするばかりで手を止めなかった。

──俺はもう、女には戻れない。戻りたくないんだ……。

「たす、けて」

「そんなことを言って、本当はこうなることを期待していたんじゃないのか？　古傷が痛まないように気をつけるから、さあ足を開い──」

一瞬の隙を突き、柚月は男の顔を目一杯の力で引っ掻いた。

「ぐああっ」

幼子とはいえ死に物狂いの攻撃を受け、侍の頬から血が滴り落ちる。本当は目を狙ったのだが、仕方あるまい。柚月は起き上がろうとすかさず身をよじる。

「この、ガキが……」

だが侍に足をつかまれ、再び地面に引き倒される。

侍は柚月の上に馬乗りになった。か細い首に片手をあてがい、ぎりぎりと絞め始める。もう片方の手で脇差を抜く。侍の両目は、逆上した怒りで血走っていた。

「あ、が……っ」

脇差の鋭い切っ先が、朧月の光を淡く反射した。

「可愛がった後はたんまり金をくれてやろうと思っていたのに、ガキの分際で武士に歯向かいやがって。身分を弁(わきま)えろや」

意識が段々と遠のいていく。柚月の目尻から、つう、と涙が伝って地に落ちた。

――ああ、俺の人生、こんなもんで終わりか……。

今までの出来事が走馬灯のごとく頭に流れてくる。苦しい記憶。痛い記憶。思い出されるのはそんな記憶ばかりだった。いいことなど何一つなかった人生――否、一つだけ、柚月の心を照らす記憶が、光となる存在があった。それは――。

「ぎゃあああっ」

首にかかる重みが突如なくなり、柚月は大きく息を吸いこんだ。

見れば侍の両腕は、どこからともなく現れた、太い前帯によって締め上げられていた。ぎし、と骨が軋(きし)む音がする。

前帯は男を地に引きずり始めた。

「新しい客が来るっていうから挨拶に来てみれば……いけねえなァ旦那」

半身を起こし咳きこんでいた柚月は、勢いよく顔を上げた。

両目に飛びこんで来たのは、惣之丞の姿だった。その両脇に立つは、白布で顔を覆った生き鬼の傀儡、花扇と花紫。彼女たちの前帯が惣之丞の命によって動き、男を縛っていたのである。

「地獄女で満足してりゃいいものを、地獄の管理人にまで手を出すとは。しかもこんなチビに欲情するなぞ、大した変態野郎だな」

「き、貴様、何者だ……っ」

「俺か。俺はこの地獄の主。そして、そのガキの所有者だ」

言うと惣之丞は短く呪を唱えた。男を縛る前帯にさらなる力が加わり、やがてゴキン、と骨の折れる音がした。

魂消る絶叫が響き渡る。脇差が侍の手から滑り落ち、地に突き刺さる。侍はのたうちまわり、激痛に悶え苦しんだ。

「よく聞け、三下」

惣之丞は、柚月がそれまで見たことのない表情をしていた。

「どれだけ金を積もうが、どんな身分の奴だろうが知ったこっちゃねえ。俺のものに手を出した奴は、皆殺しだ」

怒りと焦燥が綯い交ぜになったような面差し——柚月の危機に大きく心動かされていることは、明白だった。

「花扇、花紫」

傀儡たちが前に出る。と同時に、惣之丞は柚月のそばまで歩み寄り、自身の体で童女の視界をふさいだ。

「……殺(や)れ」

二体の傀儡が屈みこむ。ゆら、と首を傾けて侍の顔をのぞきこむ。刹那、侍の目は傀儡に釘付けになった。

傀儡は顔の白布を上げていた。白布の奥にある、生き鬼の「呪いの目」が、侍の目を捉えて離さない。

直後、おぞましい断末魔が夜闇に反響した。永遠に続くかと思うほどの長い叫びは、やがて細く、弱くなっていき、そのうちふっと聞こえなくなった。

惣之丞が再び声をかける。すると前帯が傀儡の腰元へと戻り、二体の傀儡も、その場から霞(かすみ)のごとく姿を消した。

「惣之丞さま」

確認せずとも柚月は判っていた。あの侍が、呪いの目によって、魂ごと死んだのだということを。

「何で、どうして助けてくださったのですか。いずれ結界役はいらなくなるのに、情は捨てろと、おっしゃっていたのに……」

抱えていた思いが口を突いて出る。しかし惣之丞が問いに答えることはやはりなかった。

「……その傷、夜鷹にやられたんだな」

惣之丞は柚月の傷痕を見て言った。

「だからお前は、男になろうとしていたのか」

柚月は急いで着物の裾を掻きあわせようとする。が、ひどく震える手には裾をつかむ力すら入らない。

すると何を思ったか、惣之丞は自身の羽織を脱ぐなり柚月にかけた。

「い、いけません、羽織が汚れ――」

次の瞬間、童女の体はふわりと宙に浮いた。

「お前は、俺の所有物だ」

惣之丞は地獄の玄関へと足を向ける。両の腕でしかと、柚月を抱きながら。

「勝手に死ぬことは許さない。誰かに殺されることも絶対に許さない。お前は……お前は、俺のそばにいろ」

惣之丞の体からは温もりが感じられた。人間味のある、血の通った温もりが。恐怖と絶望に凍りついていた童女の心は、その熱に触れて予期せず溶かされた。

柚月は惣之丞の胸に顔をうずめ、声を上げて泣いた。


「――咲良。お前の本当の名前は、咲良というんだよ――」


月日は流れ、桃の花が咲く頃。

柚月は十二になっていた。

椿座の裏にある住まいにて、童女はひとり畳に目を落とす。

黒雲の戦闘員、権三――唐突に接触してきた彼は自らが柚月の実の父であり、母親は今は亡き、よし乃という女であると明かした。そして娘に、鳩飼いから足を洗うよう諭したのである。

鬼や政争と関わることなく、平和に、人並みに生きる道があるのだと。

赤子の頃に実の両親と生き別れになっていたことは、むろん衝撃的ではあったものの、柚月の腑に落ちる事実であった。夜鷹は血縁がなかったからこそ、柚月に非道な仕打ちをすることも厭わなかったのだ。柚月も同様、実の母ではないと心のどこかで思っていたがゆえ、夜鷹の死に哀しさを覚えなかった。

権三は柚月が今まで見てきたどの人物とも違って穏やかで、鷹揚とした男だった。彼こそが自分の父だと知った時、柚月は内心、夢を見ているのかと思うほど嬉しかった。自分にも普通の暮らしを送る権利があったのだと、救われた心持ちになった。一緒に暮らそう。父は優しくそう言った。

しかし、

――俺は何で、すぐに〝うん〟って言えなかったんだろう……。

哀しげな父の顔を想起する。権三はそれからも根気強く説得を重ねてきたが、当の柚月は、今なお首を縦に振ることができずにいた。

柚月は部屋の隅へと視線を移す。物がほとんどない無味乾燥とした部屋の隅には、首輪が一つ、ぽつんと転がっていた。今や不要となった首輪だ。

あれから鳩飼いの動向をつかんだ黒雲によって、地獄はあえなく潰されてしまった。平将門を復活させるための餌となる傀儡はとうに足りていたものの、柚月は寝床を失うこととなった。そんな柚月を惣之丞はやむなく自宅に――あれだけ他人を入れることを拒んでいた己の住み処に――置くことにした。どこか新しい寝床を見つけるまでという、期限つきではあったが。

狛犬はすでに密偵の役目を終え、自由の身となっていた。その後はどうやら瑠璃のもとに、つまりは黒雲側についたらしい。

妖というのは良くも悪くも正直だ。柚月は悔いていた。もし、狛犬にもっと優しくしていたなら、たくさん菓子をやって可愛がっていたなら、彼は鳩飼い側に留まってくれたのだろうか——悔やんだところで、後の祭り。童女の密かなる癒しだった狛犬が戻ってくることは、二度とないだろう。

——もし俺が、お父っつぁんのもとに行ったら。

柚月は思いを馳せた。

優しい父親と一緒に暮らせたなら、どんなに幸せだろうと思う。いつだったか影踏みをして遊んでいた子らのように、何の不安も感じずに過ごせたら、どれだけ素晴らしいだろう。

——でも、お父っつぁんは黒雲の人間だ。お父っつぁんと暮らすとなったら、俺自身が、惣之丞さまの敵になってしまうかもしれない。仮にそうならなくても……惣之丞さまのおそばから離れなきゃいけなくなるのは、間違いない。

実の父親か、惣之丞か。

意図せず倦み果てた吐息が漏れる。迷い続けるうちにすり減った心はもはや、考えること自体を拒むかのようだった。

　ふと、柚月は自問する。そもそも悩む必要がどこにあるのかと。

　——そうだよ、近いうちに結界役はいらなくなる。どっちにしろ厄介払いされるんだったら、それより先に鳩飼いを離れたって別にいいじゃないか。

　どうせ自分が離脱したところで、惣之丞にとっては些末なことかもしれないのだから。そう思うと、心に苦いものが広がった。

　しかし柚月は迷いを振り払うべく、大きくかぶりを振った。

　——いや、いいんだ。鳩飼いでの俺の役目は、もうとっくに終わったんだ……。

　ちょうどその時、

「柚月。帰ったぞ」

　出かけていた惣之丞が部屋に入ってきた。外出用の羽織を脱ぎ、ばさりと衣桁（いこう）にかける。

　柚月は彼の姿をとっくり眺めた。平将門を呼び起こす魂呼の術は、術者の心身に多大な負荷をかけるらしい。惣之丞は日に日にやせ細っていた。目の下のくまは、病的なほど濃くなってきている。

「……何だ、じろじろと」

　視線に気づいた惣之丞が振り返る。柚月はまごついた。

「あの、えっと……お帰りなさい、惣之丞さま」

何と切り出せばよいものか。柚月は言葉に迷った。一方で惣之丞は童女をしばらく見つめた後、嘆息しつつ正面に腰を落ち着けた。

「また親父に会ったのか」

どうやら見透かされていたらしい。柚月は黙って首肯した。

「まさか黒雲の中にお前の親父がいたとはな。最初に聞いた時ゃとても信じられなかったが、よくよく思い出せばあの権三とかいう男、確かにお前とどこか似てらあ」

惣之丞は疲れた顔で煙草盆を引き寄せ、中から煙管を取り出した。火をつけ、深々と煙草の煙を空中へと吐く。

「それで、柚月……お前は、どうしたいんだ」

柚月は動転した。まさか惣之丞の方から意見を聞いてもらえるとは思ってもみなかったからだ。

「惣之丞さま、俺は――」

言いよどむ柚月の目を、惣之丞はまっすぐに見ていた。

「鳩飼いを辞めたいなら止めはしねえよ。咲良として生きたきゃ、そうしろ」

その瞬間、童女の心は名状しがたいほど激しく揺れた。突き放すような言に打ちのめされたのではない。選択を委ねられて初めて、己の本音に気がついたのだ。

「俺は、咲良じゃありません」

考えるより先に、口が動いていた。

「柚月……惣之丞さまが呼んでくださる柚月という名だけが、俺の名前です」

——ごめんね、お父っつぁん。

父の面差しが頭をよぎる。されど柚月の中で答えは、最初から決まっていたのかもしれなかった。

惣之丞は柚月にとっての正義。柚月の世界そのものだった。

差別撤廃という、常人では到底できぬ大事を為さんとする惣之丞は、誰にも決して弱みを見せない。されど彼とて一人の人間。完璧ではない。

情は捨てろ——かつての言葉は柚月への戒めである以上に、彼自身への戒めだったに違いない。その証拠に、柚月は惣之丞の心に残った情を、おそらくは彼自身も気づいていない情を、確かに感じ取っていた。

——だからきっと惣之丞さまは、俺を捨てずにいてくれたんだ。

そしてこの温かみのある情こそが、柚月が惣之丞を慕う、何よりの理由であった。

——俺はやっぱり、この人と一緒に生きていきたい。結界役としてじゃなくて、一人の人間として、この人のことを支えたいんだ。

空っぽになっていた自分に、生きる道を示してくれたあの時のように。傷ついた心と体を半ば強引に掬い上げてくれた、あの時のように。

一方、当の惣之丞は訝しげな顔をしていた。

「……それがお前の答えだってのか？　よく判らねえ。〝父親〟と一緒にいたいって思う方が、ガキの時分なら普通のことだろ」

父親。その言葉を発した惣之丞の瞳には、そこはかとない寂寥が漂っているように見てとれた。

「普通……そうなのかもしれません。でも俺は、変わらず惣之丞さまのおそばにいたいんです」

「何だってそれほど俺のそばにいたがる？」

問いかけて、惣之丞はひとり合点がいったように薄い笑みを浮かべた。

「なるほどな。お前もどうせあの夜鷹や女衒みたいに、何か目的があって俺にすり寄ってるんだろう。俺に近づいてくる奴は皆そうだ」

彼の心、あるいは体を求める者。千両役者の名声にあやからんとする者——そうした裏心ある人間ばかりを引き寄せてしまうのは、美貌と才能に恵まれた彼の宿命と言うべきか。

目的、と柚月は考えこむようにつぶやいた。

「もしやそれがないと、惣之丞さまのおそばにいてはいけないのでしょうか……？」

「ならお前、俺に何の見返りも求めてねえってのか？　今までも？」

「はい」

惣之丞は拍子抜けしたらしかった。

束の間の沈黙を挟んでから、微かに頰を緩める。

「……思ってたとおり、お前は、純粋だな。だから俺は――」

言いかけて、つと思い直したように口を噤む。

「だから、何ですか？」

「何でもねえよ。忘れろ」

「でも気にな――」

「いいから忘れろ。これは命令だ」

ぶっきらぼうに言うと、惣之丞は再び煙草の煙を吸いこんだ。

「いいか柚月、もう一度だけ聞く。お前は本当に、鳩飼いに留まるつもりなのか？

後戻りするなら今が最後だぞ」

童女は静かに唇を引き結んだ。

将来この選択を後悔する時が、絶対に来ないとは言いきれない。それでも今この瞬間、柚月の心には一片の迷いもなかった。

「惣之丞さま。あなたの隣にいられることが、俺の幸せです。だからこれからもおそばに置いてください。俺は地獄の果てまでも、あなたにお供いたします」

惣之丞がまだ何か言いたげな面持ちをする。それを遮るように、柚月はにっこりと微笑んでみせた。

「俺は、惣之丞さまに命を救っていただきました」

そして、心も。

「今度は俺の命を、あなたを守るために使わせてください。叶うなら、この先もずっと、ずっと」

しばしの間、惣之丞は柚月のあどけない面持ちを見つつ、思惟するように紫煙をくゆらせていた。

やがて煙とともに一言だけ、

「……好きにしろ」

ため息まじりにつぶやく横顔。そこには呆れが半分と、安堵が半分ずつあるように柚月の目に映った。

　と、惣之丞の手が不意に止まる。神経を研ぎ澄ませるがごとく瞳を閉じる。

「どうされたのですか？」

長い沈黙を経て惣之丞はまぶたを開くと、煙草盆に煙管の雁首を打ちつけた。

「鴉だ。黒雲の動きが判ったぞ」

惣之丞は今戸の慈鏡寺に、まじないを施した鴉を張らせていた。慈鏡寺の住職、安徳と瑠璃は昔からの馴染みであり、安徳にならば黒雲の計画を漏らすのではと推していたのだ。

　果たして予想は的中した。

「どうやら黒雲も、一つ目鬼の存在に辿り着いたらしい。狛犬を泳がせておいたのは正解だったな」

　ふっ、と惣之丞は不敵な笑みを口の端に浮かべた。

「行くぞ柚月。先回りして、黒雲の奴らを罠に嵌める。俺と一緒に来い」

いつぞやの時と同じ言葉を述べるや、惣之丞は立ち上がった。

平将門の復活まで、残りわずか。その先どうなるかは天のみが知ることであろう。

だが、たとえ修羅の道が待ち構えていようとも、柚月に恐れはなかった。

——この人と一緒なら、怖いことなんて何もない。

胸に芽生えたこの感情が「恋」か「愛」か、あるいは違うものなのかは判らない。

世間が思う幸せと、自分の思う幸せは、ひょっとしたら違うのかもしれない。

それでも——。

「はい、惣之丞さまっ」

憧れの男の背を追って、柚月は走りだす。童女の面差しは希望と、揺るぎのない幸福に満ちあふれていた。

# 第五話　鶯の心

「てやんでぃ、こんなボロ長屋に未練なぞあるもんか。金を積まれたって二度と戻らねえよっ」

昼下がりの長屋に威勢のよい啖呵が響く。

惣右衛門は怒り心頭の面持ちで、夏の太陽が照りつける表通りに飛び出した。

やや浅黒い肌に、楼閣山水がそびえる派手な着流し——若さ漲る風体の惣右衛門は、今年で二十歳。猿若町に位置する芝居小屋「古宮座」で名を馳せる立役だ。

「ええくそ、業腹だぜ。あの根性悪のすかたん差配め……」

ひとり懐手をしたまま毒づいていると、

「兄ィ、惣右衛門の兄ィ」

一人の少年がこちらに駆け寄ってきた。

「差配さんとのお話は？　もう終わったのかい？」

「おお弥助、聞いてくれよ」

弥助と呼んだ少年に向かい、惣右衛門は今起こったことを早口にまくし立てた。

「差配の野郎め、前々から役者嫌いで腹に一物あるみてえな面だったのが、とうとう俺を畜生扱いしやがったんだ。役者なんて稼業は犬みてえに客に尻尾を振ってりゃいいから楽だ、とか何とかほざいてよ」

「そりゃひどいね……で、兄ィはどうしたの」

「もちろん言い返したさ。そしたら奴め、何て返してきたと思う？」

気に入らぬのなら出ていけばいいだろう。冷笑とともに吐き捨てられた言葉を反芻すると、腸が煮えくり返るようだった。

「だからお望みどおり出てきてやったんだ。最後に野郎の顔面を一発ぶん殴ってな」

ふん、と荒っぽく鼻を鳴らすが早いか、惣右衛門は肩で風を切り、通りを闊歩していく。

弥助はそんな兄弟子を小走りで追いつつ、彼の背に熱い視線を注いでいた。

「やっぱり兄ィはすごいなあ。腕っぷしも強いし、口喧嘩だって負け知らずだし。おいらもいつか、兄ィみたいな強い男になりたいよ」

「なはは、お前はちと気が小せえからなあ」

でも――と、弥助は物思わしげに下を向いた。不思議に感じた惣右衛門は歩みを止める。

「ねえ兄ィ。おいらだって役者の端くれだから、役者を悪く言われたら頭に来るけどさ、あんまり喧嘩ばっかりしないでくれよ。もしも兄ィが誰かを殴って捕まるようなことにでもなっちまったら、おいらは……おいらは、哀しいよ」

顔を俯けてしまった弟分をしばし眺め、惣右衛門はため息をついた。

十二歳の弥助は、惣右衛門と同じく古宮座に籍を置く役者の卵だ。未だ月代を剃っていない年頃ではあるが、いずれ舞台に立つ時を目指して日々、一座の雑用と稽古に勤しんでいた。

彼が古宮座にやってきたのは六年前のこと。猿若町から程近い裏路地で、たったひとり物乞いをしていたところを座元が拾ってきたのだ。弥助は素直な童子だった。すぐに芝居の世界にのめりこみ、持ち前の愛嬌で一座の役者たちとも打ち解けた。とりわけ惣右衛門によく懐き、いつも何かにつけて後をくっついてくる。

「つとに、おめえは馬鹿だなァ弥助」

そう冗談めかしつつ、惣右衛門は弟分の肩に腕をまわす。

「この俺が、捕まるわけがねえだろう？　けどおめえがそこまで言うんなら、これからは喧嘩も程々にすっかな」

「ほんと？」

「おうよ。弟の意見は無下にゃできねえからな」

イシシ、と惣右衛門はいたずら小僧のように白い歯を見せ、弥助と肩を並べながら再び歩きだした。

同じ時を過ごすうち、弥助はいつしか惣右衛門にとって、血を分けた弟も同然の存在になっていた。むろん一座の役者仲間はみな大切だが、中でも弥助は特別だ——ともすれば言いたいことを腹に押しこめ我慢してしまう、気弱な彼を放っておけないというのが大きな理由かもしれない。

惣右衛門の笑みにつられ、弥助も無邪気に顔をほころばせていた。

「そうだ兄ィ、新しい一座の名前は、もう決めたの？」

瞳を輝かせる童子に向かい、惣右衛門は「あたぼうよ」と頷いてみせた。

目下、惣右衛門は夢に向かって邁進している。自分の一座を立ち上げるという夢だ。個人的に贔屓にしてくれる客らもこれに賛同し、金銭面での援助を申し出てくれた。木挽町にぴったりの土地を見つけ、大工たちとも話をつけた。来年には念願の小屋が完成する手筈である。

惣右衛門は新しい一座に自分の一番好きな花の名を冠することに決めていた。それすなわち「椿座(つばきざ)」と。

夢はいよいよ実現しようとしているのだ。惣右衛門は大いなる期待に胸を膨らませていた。

──そんでもって、もう一つの夢もいつかきっと……。

「椿座かあ、いいね。おいらも俄然楽しみになってきたよ。あ、このことは座元にはちゃんと秘密にしとくから安心してね」

つと、惣右衛門は傍らを歩く童子の顔にまじまじと目を凝らした。

「おい弥助。お前、もしかしてどっか具合でも悪いのか？」

「えっ？」

弥助の目の下には茶色のくまができていた。着物の上からでは見えないが、肩から腕をなぞってみれば、骨が浮き出ているのが判(わか)る。

「どうしたってんだ、こんなに痩(や)せちまって。ちゃんと飯を食ってんのか？　何だか顔色も悪いしよ」

するとと弥助は身をひねり、

「大丈夫、最近ちょいと寝つきが悪いだけだから」

と、慌てた様子で惣右衛門の手から逃れた。

「……まさかまた、座元の爺にあれをやらされてんのか。そうなんだな？」

きつく問い質す視線に堪えかねたのだろう、弥助はぎゅっと口を引き結んだ。予想はどうやら、図星だったらしい。

——あの強欲爺……。

惣右衛門の目にたちまち怒りが宿る。

古宮座の座元、斎翁という老人は、一座の若衆に陰間を強要していた。一座の収益を助けるため、役者なら誰しもが通る道なのだから、と嘯いて。何を隠そう惣右衛門も、今の弥助と同じ歳まで客を取らされていた過去があった。

さりとて昔から豪胆な気質の惣右衛門が、意に介さぬ物事に甘んじてばかりいるはずもない。「もういい加減に我慢ならねえ」と猛抗議した結果、渋々ながらに陰間を免除されたのだ。こうした座元との確執が、時を経て惣右衛門に独立の意志を固めさせたのは言うまでもない。

——こいつが物申せる性分じゃねえのをいいことに、許せねえ。

弥助のことも、およそ対岸の火事とは思えない。

「よし。俺があの爺をぶっ飛ばしてやる」

言うが早いか、惣右衛門は憤然と身を翻（ひるがえ）した。

ところが、

「やめてっ。兄ィ、おいらなら平気だから」

「何が平気なもんか。爺はお前の体を利用してるんだぞ？　一座のためとかほざいてやがるが、それだって本当かどうか判りゃしねえ。どうせてめえの私腹を肥やすために決まってら」

「でもっ……でもおいらは、座元に恩があるんだよ」

惣右衛門の着流しの裾を握りながら、弥助は地面を流し見た。

「座元が拾ってくれなかったら、今のおいらは、きっとない。芝居にも、兄ィにだって出会えなかった。だから大事（おおごと）にはしないで。お願いだよ」

「お前な――」

「兄ィだって、おいらと同じなはずでしょ？」

いきおい気色ばんでいた惣右衛門も、この弁にはぐうの音も出なかった。なぜなら彼もまた七つの時に、斎翁に拾われた身だったからだ。

どれだけ役者の扱いが粗雑であっても、憤りを覚えていても、反面、斎翁に救ってもらった恩義を捨てきることは難しい。加えて今はまだ雇われの身なのだ。口先での反抗ならこれまで幾度となくしてきたが、一座の長たる座元に真っ向から逆らうことは、いくら惣右衛門でも決して容易ではなかった。

——今は時機じゃねえってのか……？

ちくしょう、と心の中で悪態をつく。

弥助は哀願するかのような瞳でこちらを見ている。今すぐ座元を糾弾すべきか否か——考えあぐねた惣右衛門は、しかし、弥助の眼差しにやがて根負けした。

「わあったよ。爺をぶっ飛ばすのはやめておく」

「……うんっ」

「ただし、椿座が完成するまでだ。完成した暁にゃ、俺ァお前を古宮座から引っ張り出す腹だぜ。あの爺が何と言おうともだ」

だから、もう少しだけ待ってろよ。

そう力強く言うと、弥助は嬉しそうに笑みを広げて頷いた。

「ね、ねえ兄ィ、やっぱりおいらはもう帰るよ」

「んなつれねえこと言わねえで、たまにゃいいだろ？　明日は稽古も休みなんだし、なっ」

気後れする弥助を半ば引きずるようにして、惣右衛門は吉原の目抜き通り、仲之町を歩いていく。

「うわあ……この店構えって、いつ見ても圧倒されちゃうな……」

江戸町一丁目にある目当ての場所に到着すると、弥助は舌を巻いていた。

どっしりと風格が漂う妓楼の玄関には「黒羽屋」の文字が入った、巨大な提灯が提がっている。惣右衛門が足繁く通う大見世だ。

と、玄関の暖簾をくぐって一人の女子が表に出てきた。

「いようお喜久ちゃん。元気にしてたか？」

黒羽屋の次期お内儀、お喜久は、こちらに視線を寄越したかと思うとなぜか表情を曇らせた。

「惣右衛門の旦那――」

「今日は俺の弟分も連れてきたんだ。廓遊びにゃまだ早えが、雰囲気だけでも味わわせてやろうと思ってよ。おっそうだ弥助、お前、新造の鈴代と同い年じゃねえか。いい機会だから仲良くなっとけよ」

言いながら惣右衛門は恥ずかしがる弥助の肩を強引に引き寄せる。

「で、さっそくだが朱崎は？　中にいるよな？」

「太夫は」

いきいきと問いかける惣右衛門とは対照的に、お喜久は目を泳がせているばかりでなく歯切れも悪い。

まるで何か、惣右衛門に言いにくいことがあるかのように。

「朱崎太夫は……この吉原には、おりません」

「何だって」

吉原から出られぬはずの太夫が、いないだと。一体なぜ――たちまちにして惣右衛門の心に、嫌なさざ波が立っていった。

明くる日。

惣右衛門はひとり根岸に赴いた。黒羽屋の寮に忍びこむためである。

見世の者が出払っているのを確認し、そろりそろりと忍び足で、寮の廊下を進んでいく。

そうして一番奥の部屋をのぞきこもうとした時、

「誰かおりいすのか」

足音は完璧に消していたはずなのに。惣右衛門はわずかに飛び上がった。が、中にいる者に感づかれたのも当然だ。

惣右衛門は勢いよく部屋の襖を開けた。

「朱崎っ」

「まあ、そのお声は、惣右衛門さま？」

中央に敷かれた布団の上で身を起こしていたのは、黒羽屋が誇る、吉原最後の太夫。そして惣右衛門が長年通って惚れこんだ、朱崎その人であった。

朱崎の両目は閉ざされている。生まれつき目が見えないのだ。それゆえか彼女は人一倍、周りの気配を察知する能力に長けていた。

「驚いた。わざわざこんなところまで来てくださるなんて……」

「ああ、お喜久ちゃんに聞いてな。見舞いに行かねえわけにゃいかねえだろ？」

軽い口調で返すと、惣右衛門は無遠慮にも布団の横に胡坐（あぐら）をかく。視線をはたと、朱崎の腹に留めながら。

朱崎の腹はふっくらと丸みを帯びていた。

「身籠（みごも）ったってのは、本当だったんだな」

ええ、と朱崎は首肯（しゅこう）した。彼女が今こうして吉原を離れ出養生（でようじょう）をしているのは、妊娠したからだったのだ。

本来であれば、身籠った遊女は出養生をさせてもらえるどころか堕胎を強いられる定めにある。しかし朱崎は最高職の太夫ということが勘案され、黒羽屋も特別に出産を許したらしかった。

朱崎は自身の腹にそっと手を触れた。

「この子が産まれたら、見世で育てることになったんです。お内儀さんとそう約束したものですから」

彼女の言うお内儀とはお喜久の母のことだ。

「わっちは遊女でありんすから、子育てにはほとんど関わらせてもらえないでしょう。けれどそれでもいいの。この子が健やかに育っていくのを近くで感じることができれば、それで」

愛おしそうに腹を撫でる様は、まさしく母親の姿を惣右衛門に思わせた。

「なあ朱崎」

胸中には、一つの疑問がわだかまっていた。お喜久から朱崎の懐妊を知らされて以降、夜も眠れず悶々と考えていた疑問が。

——馬鹿だな俺は……こんなこと、聞いたって何の意味もねえのに。

そう己で判っていても、やはり聞かずにはおれなかった。

「ややの、父親は？」

朱崎の手がぴたりと止まる。部屋の中に気まずい沈黙が流れた。

しばしの無言を挟んだ後、

「……判りません」

朱崎の声は、消え入りそうなほど小さかった。

「そっか。そりゃまあ、そう、だよな」

答えはとうに判っていたのだ。朱崎は遊女。赤子の父親が誰かなどと、真実は当人であろうと知りようがない。

「いやすまねえ、俺としたことが変なことを聞いちまったな。今のはなしだ、忘れてくれ」

明るい声を作り無理に笑ってみせる。だが胸をちくりと刺す痛み、複雑な思いまでをも笑い飛ばすことは、できなかった。

「……不如帰(ほととぎす)が」

「ん？」

「ぬしさまは聞こえんせんか？　どこかで不如帰が鳴いているわ」

朱崎に倣い耳を澄ましてみるも、鳥の声など聞こえない。

卓越した聴覚に感心していると、朱崎は惣右衛門に向かってこう言葉を継いだ。

「今は卵を産む季節なんでしょうね。ご存知ですか惣右衛門さま。不如帰は、自分で卵を孵さないのだそうですよ」

いわく、不如帰は産卵の時期が近い鶯の巣に卵を入れて温めさせ、己は孵った雛に餌を運んでやることもしないという。

「何だそりゃあ。薄情ってえか、ずる賢い鳥だなァ」

そう思わず鼻白むと、

「けれど一説によれば不如帰は、体が冷えやすいせいで卵を十分に温められないのだとか……本当は自分で我が子を孵して、育ててやりたいのに、やむにやまれず他に託しているのかもしれんせん」

この言に惣右衛門は胸を衝かれた。

朱崎は確かに出産を許された。しかし太夫という人気商売の身の上で、大っぴらに子育てをすることなど許されようはずもない。だからこそ黒羽屋のお内儀は「見世で育てる」と約束したのだろう。

本当は、自身の手で我が子を育ててやりたいのに——不如帰の声に耳澄ます朱崎の、どこか哀しそうな面差しが、惣右衛門の喉を突き動かした。

「朱崎。ややの父親が誰か判らねえってことは、つまり俺の子かもってことだよな。いんやこの際、誰が父親だっていい」

「え……？」

朱崎の顔に戸惑いが浮かんだ。

「前からずっと言ってただろ？　いつかお前を身請けする、って。ややがお前の子であることに変わりねえんだったら、俺はお前と同じくらい、お前のややを大事に思う」

惣右衛門はさらに語気を強めた。

「俺は椿座を立ち上げて江戸一の役者になるんだ。そしたらお前とややを必ず、二人そろって黒羽屋から請け出してみせる」

「……ですが、惣右衛門さま」

自信たっぷりな口上に、しかし朱崎は物憂げな表情をした。

「知ってのとおり、わっちは盲目の女。一緒になれば何かとご迷惑をかけてしまうでしょう。何よりわっちを請け出すのは、そう容易いことではござんせん」

太夫の身請けともなれば、妓楼からどれほどの大金を提示されることか。詰まるところ朱崎は、己のために惣右衛門が身を持ち崩しはしまいかと憂慮（ゆうりょ）しているのだ。
惣右衛門が彼女に惚れたのは、器量の美しさのみならず、この優しい心根に触れたからでもあった。

「そりゃさすがに今すぐってわけにゃいかねえ。贔屓客への借金もあるし、新しい一座が軌道（きどう）に乗るまではてんてこ舞いだろうからな」

とはいえ諦める気など毛頭ない。何しろ小さな頃からの夢が、ようやっと叶う好機なのだから。

惣右衛門には二つの夢がある。一つは自分の芝居小屋を作ること。

そしてもう一つは――。

「俺はな、朱崎。家族が欲しいんだ。好いた女と夫婦（めおと）になって、子を授かる。犬か猫を飼うのもいいな。そうやって家族で幸せに暮らすのが、昔っからの夢なんだ」

凡庸（ぼんよう）な夢だと、自分でも思う。惣右衛門はふっと笑みをこぼした。

続けて語ったのは己の過去――詳しい生い立ちを朱崎に明かすのは初めてのことだった。とても楽しいとは言いがたい話だからだ。

「俺ァ下総（しもうさ）の生まれでよ。親父は漁師、お袋は俺が三つの時に病で死んだ。朧（おぼろ）げにしか覚えちゃいねえが、いつも笑顔の、優しいお袋だったよ……」

朱崎は静かな面持ちで、口を挟むことなく惣右衛門の語るに任せていた。

「お袋が死んじまってからは、親父と二人っきりで暮らしていたんだ。けどこの親父がまあ、とんだ糞野郎でな」

博打（ばくち）に明け暮れ、たまに家へ戻ってきたかと思えば泥酔して暴れまわる。我が子に手を上げることも日常茶飯事であった。

そんな父の暴力から逃れるべく、惣右衛門はわずか七つで家を出た。流れ流れて江戸に辿（たど）り着き、かくして古宮座の座元に拾われたのである。

「実を言うと俺ァ、幸せな家族ってのがどんなモンなのか、いまいち判らねえんだ。俺の記憶にゃあの乱暴者の親父しか残ってねえからよ」

「惣右衛門さま……」

「だから決めたんだ。俺は、俺なりに、幸せな家族を実現するんだってな」

されぱこそ好いた女――朱崎と、何としてでも一緒になりたいのだ。盲目であることは端（はな）から問題視していない。莫大な金子が必要なら、どうにか工面する方法を考えるまでだ。

「ぬしさまと、家族に」

決意を聞いた朱崎は、そのうち噛みしめるかのようにゆっくり頷いた。

「ぬしさまと過ごす毎日は、それはたいそう賑（にぎ）やかで、楽しいものになるのでしょうね……でしたらわっちは、この子とともに、その日が来るのを心待ちにしておりいす」

長年の夢が、現実味を帯びた瞬間であった。

腹に優しく触れながら、朱崎はまろやかな微笑（ほほえ）みをたたえる。その表情があまりに眩しく見えて、惣右衛門は照れ笑いをした。

「そうだっ。ややがもし男だったら、俺の昔の名をつけてくれよ」

「ぬしさまが女形（おやま）を務めてらした頃のお名前、でござんすか？」

「ああ。そんでな、いつの日か俺とお前、産まれてくる赤ん坊——そうそう忘れちゃいけねえ、弥助も一緒に、日（ひ）ノ本（もと）を巡る興行の旅に出るのさ。なっ、いい考えだろう？」

「まあまあ、旅に……」

朱崎が困り顔をしているのを察し、惣右衛門はすかさず彼女の手を握りしめた。

「なあに、お前の手は俺がずっとこうして引いてやる。見えなくっても、どんな景色か俺が言葉で伝えてやる。だから安心してついてこいよ」

朱崎は些（いささ）か意表を突かれている様子だった。

もう片方の手を惣右衛門の頬に触れる。顔の輪郭（りんかく）を指で確かめるがごとくなぞりな

がら、

「嬉しい。でもね惣右衛門さま、どうか約束して。わっちのために、無理だけはしないと――」

直後、朱崎は襖の方に顔を向けた。また何か感じ取ったのだろうか。

次いで惣右衛門の耳にも、誰かの足音が聞こえてきた。足音はまっすぐこちらへと向かってくる。

「な……惣右衛門の旦那、こんなところで何をしているんですっ？」

襖を開けるや否や、黒羽屋のお内儀は惣右衛門の姿を見て声を荒らげた。

それもそのはず、朱崎は養生をするため寮に来たのだ。客を取るためではない。したがって寮への立ち入りはいかなる上客でも厳禁である。

「ちぇっ、見つかっちまったか。そんじゃあ朱崎、体を大事にしろよ？　また来るからなっ」

愛する太夫をひしと抱きしめ、惣右衛門は騒ぎ立てるお内儀を尻目に、縁側から表へと駆けだしていった。

――朱崎とのことは、身請けが済むまで安徳（あんとく）の奴にゃ黙っておこう。

根岸を出て向かった先は慈鏡寺(じきょうじ)。今戸(いまど)にある古寺だ。

住んでいた長屋を飛び出した惣右衛門は、そのまま慈鏡寺に転がりこんだのである。弥助や他の役者とともに古宮座で雑魚寝(ざこね)をするという手もあるにはあるが、そのような生活は彼にとって窮屈すぎた。

寺の住職である安徳と惣右衛門は数年来、親友の間柄だ。いつだったか吉原で飲んだくれた帰り、千鳥足のまま慈鏡寺に迷いこんだところ、強盗の類(たぐい)と勘違いした安徳が錫杖(しゃくじょう)で打ってきたのが二人の出会いだった。

「くくっ。江戸中の男が憧れる朱崎太夫と一緒になるって知ったら、あいつ、さぞかしおったまげるんだろうなあ」

面食らう友の顔を思い浮かべつつ、惣右衛門はにやりとほくそ笑む。

一回り以上も歳が離れており――なおかつ最悪な出会い方をしたものの――二人は案外と波長があう。初めて会った頃の安徳は極めて堅物な僧侶だった。が、惣右衛門という悪友ができてしまったことで、今やすっかり生臭坊主へ変貌を遂げている。

「お前と出会わなければ真面目な僧のままでいられたのに」、とこれが友の口癖だ。

――ああ、何ていい気分なんだ。

見仰げば、夏の青空には大きな入道雲が漂っている。惣右衛門はこの季節が一番好きだった。

――まるでお天道さまがお祝いしてくれてるみてえだ……朱崎と夫婦になる約束もできたことだし、今晩はとっておきの酒をやろうかな。

朱崎と赤子を迎え入れるのならば、椿座の裏に建てる予定の住まいも広めに想定しておこう。しばらくは弥助も一緒に住むことになろうから尚更だ。弟分も喜んで赤子の世話をするに違いない。赤子が成長したら読み書きを教え、芝居にまつわるあれこれを語って聞かせよう。

尽きることなき想像にふけりながら、惣右衛門は鼻歌まじりに慈鏡寺への道を歩いていく。

途端、空からぽつ、と雫が落ちてきた。

「雨？　せっかくいい天気だったのに――」

「おい、惣の字っ」

唐突な声に目を眇めれば、安徳が、道の向こうから緊迫した面持ちで駆けてくるではないか。

何事かと訝しむ惣右衛門に対し、駆け寄ってきた安徳は息を切らせながら、

「どれだけ探したと思ってる。お前、今まで一体どこに行っていたんだっ」

友の表情には、物々しい影が差していた。

降りだした雨が瞬く間に強さを増していく。

「今すぐ一緒に古宮座へ。お前の弟分が……弥助が、大変なことに……」

雨の中を駆け通しに駆け、古宮座に到着した惣右衛門の目に飛びこんで来たのは、あまりに信じがたい光景であった。

「何で——」

客のいない桟敷の上には、弥助の、物言わぬ亡骸が横たえられていた。亡骸を囲む役者たちは突然の死に涙し、あるいは苦悶の表情で手を合わせている。

惣右衛門はずぶ濡れの体でふらふらと歩を進め、亡骸の横で膝をついた。

弥助の首には、太い指で絞められたような痕があった。

「何で、どうしてだよっ。昨日まで弥助は生きてたのに、俺と一緒に、笑っていたのにっ」

「惣右衛門さん」

と、役者仲間の一人が声をかけてきた。

取り乱す惣右衛門をなだめながら、彼は重い口ぶりで、弥助の身に何が起きたのかを話した。

弥助は昨晩、惣右衛門と別れ古宮座に戻ってきたところを座元につかまった。また もや陰間をするよう言い渡されたのだ。客が年若い童子を所望しているから、と。

だがこの客というのがいけなかった。

「そいつは羽振りこそいいが相手をいたぶりながらするのが趣味な、質の悪い野郎で……その場にいた皆で断るよう言ったんです、けれど座元は、弥助を無理やり引っ張っていって」

そうして弥助は、変わり果てた姿となり帰ってきた。

惣右衛門は絶句していた。

弥助が死んだ。いつも自分の行く先にくっついてきては「兄ィみたいになりたい」とはにかんでいた弟分が、本当の弟のように思っていた弥助が——死んだ。

——どうして弥助が死ななきゃならない？　あいつに一体、何の落ち度があったっていうんだ？

「惣の字……」

安徳が惣右衛門の肩に手を置く。

「亡骸は、慈鏡寺で荼毘に付そう。さあお前も来るんだ」

しかしその時、

「お前ら、早く死体を処分しろと言ったろ。そんなとこにいつまでも転がしておくんじゃねえよ、縁起の悪い」

嗄(しゃが)れ声の主は、古宮座の座元。そして弥助を死に追いやった張本人である、斎翁だった。

「爺、てめえ……」

「抑えろ惣の字」

剣呑(けんのん)な気をまとい立ち上がった惣右衛門を、安徳が手で制する。

「お前の気持ちは判る、だが今は弥助の前だということを忘れるな」

「ふん、坊主が来てるならちょうどいい。さっさとそれを持ってってくれ」

斎翁はそう忌々しげに言ってのけるや、すぐに背中を向けた。

——それ、だと？

「待ちやがれっ。誰のせいでこんなことになったと思ってる？　てめえは弥助に、詫びの言葉一つもねえのか」

すると斎翁は足を止め、苦りきった顔でこちらを振り返った。

「惣右衛門。お前はいつからそんなに偉くなったんだ、ああ？」

続けざまに一人ひとり、配下の役者たちを眺め渡す。

「お前らも、何なんだその顔は？　この俺に文句があるってえのか？」

対する役者たちは歯噛みするも、誰も反駁することができない。あるわけねえよなあ、と斎翁は満足げに唇をめくり上げた。

「いち役者が座元に歯向かったらどうなるか、よおく知ってるはずだもんな。俺に見放されたが最後、お前らは行き場を失う。元役者に、世間の目はよりいっそう冷てえぞ？　昔の弥助みてえに乞食になるしかねえかもな」

嘲笑う声が小屋の中に反響した。

弥助に謝罪の言葉を述べるどころか、彼の死を悼むことすらしないのか。自分に尽くしてきた少年の亡骸が今ここにあるのに、何の痛痒も感じないのか。

ふつふつと沸き上がる怒りが、惣右衛門の面差しを朱に染めた。

「弥助は、てめえに恩義を感じてた。拾ってもらった恩義を。だからてめえの言いなりになってたんだ。それなのに爺、てめえは——」

「あのなあ惣右衛門。俺がお前の陰間を免除してやったのは、なぜだと思う？」

出し抜けに問われ、惣右衛門は顔をしかめた。一方で斎翁はさも面倒と言わんばかりに嘆息した。

「お前が、役者として将来有望だと思ったからだ。いずれは古宮座の看板役者になるだろうとな。だが弥助は違った」

横たえられた亡骸に一瞥をくれるや、斎翁は苦虫を噛み潰したような顔をした。

「そいつにゃ芝居の才がなかった。役者としての活躍が見込めねえなら、せめて陰間として、俺に恩返しするってのが筋だろうよ。まァ変態の客に当たっちまったのはちと気の毒だったがな」

他人事のように唾棄したかと思いきや、舌打ちを残し立ち去っていこうとする。

――弥助は、こんな奴のために……。

惣右衛門は斎翁の曲がった背中を呆然と見つめた。

自ずと耳の奥に、声が蘇る。

――おいらは、座元に恩があるんだよ。

――座元が拾ってくれなかったら、今のおいらは、きっとない。芝居にも、兄ィにだって出会えなかった……。

「惣の字、もうよすんだ、惣右衛門っ」

安徳の怒声に、惣右衛門は正気づいた。

体の自由が利かない。自分が羽交い締めにされているのだと気づいた時、耳元で再び友の声がした。

「お前が人殺しになることを、弥助が望むとでも思うのか」

惣右衛門は四方を見巡らした。役者仲間たちが一様に、当惑した顔でこちらを見ている。

——皆……何でそんな目で俺を見るんだ。

ふと、視界の端にあるものが引っかかった。惣右衛門は視線を下に這わせる。

足元に転がっているのは座元の姿であった。原形も留めぬほど殴られた、血まみれの顔面。辛うじて息はしているが、半死半生の状態であることは明らかだ。

「俺は、俺は何を……」

己の右手に目を転じた瞬間、惣右衛門は思わず言葉を失った。

固く握られた拳からは、赤い血が滴(したた)っている。見れば己の胸元にも、着流しにも、真っ赤な返り血がついていた。

——俺が、やったのか？

何も覚えていない。意識は完全に飛んでいた。だがその間に何をしでかしたか悟った惣右衛門は、息も絶え絶えの座元を見ながら、唇をわななかせた。

——これじゃまるきり、同じじゃねえか。

過去の記憶がどっと押し寄せてくる。忘れたくとも忘れられぬ記憶。拳を振り上げる父におびえていた、幼い頃の記憶が。

——あの親父と同じ血が、俺の中にも、流れているのか。

故郷から逃げても、この血からは逃れることができないのか——屋根を打ち叩く雨音が、惣右衛門の心を激しく揺さぶった。


年をまたぎ、正月を祝うめでたい空気が江戸のそこかしこに満ちる。椿が赤々と咲き誇る季節だ。

「座元、ようやく今日という日を迎えられましたね」

木挽町はひときわ賑々しい声であふれ返っていた。

「ああ、こけら落としは大成功だ」

お前たちのおかげだぜ、と惣右衛門は役者たちを笑顔で労う。

椿座は無事に完成した。人気役者の惣右衛門が座元ということもあり前評判は上々で、今日のこけら落としも満員御礼と相成った。

「惣右衛門さんに声をかけてもらえて本当によかった」

「俺たちもこれから精一杯、座を盛り上げていきますからね」

口々に意気ごむ役者や裏方たち。彼らは元々、古宮座に籍を置いていた者たちだ。

あれから惣右衛門は斎翁への義理立てをついに捨て、古宮座に勤める者たちをごっそり引き抜いてきたのだった。

当然の結果、古宮座は見る見るうちに活気を失って潰れた。斎翁がその後どうなったかは誰も知らない。おそらくは惣右衛門を、腹の底から恨んでいることだろう。

——知ったことか。

当時を思い返し、惣右衛門は心の中で吐き捨てた。

今目の前にいる役者たちは皆、潑剌（はつらつ）とした笑顔を見せている。彼らは惣右衛門の誘いに喜び勇んでついてきてくれた。斎翁の悪辣ぶりに辟易していたのは誰しもが同じだったのだ。

「惣右衛門さん……あいつもきっと、草葉の陰から俺たちのことを見守ってくれていますよ」

一人の役者にそう言われ、惣右衛門は寸の間、奥歯を嚙みしめた。

「……しばらく外に出てくる。後のことは任せてもいいか」

はい、と頼もしく請けあう役者たちに頷き返し、惣右衛門は小屋を後にした。

新年の雑踏の中、行き交う人々は声を弾ませ、互いに祝いの挨拶を交わしている。中には椿座の芝居を興奮した様子で讃える者もあった。

そんな人々の声を聞くともなしに聞きながら、惣右衛門は心で、今は亡き弥助の面影に思いを致した。

──椿座の完成を、あいつにも見せてやりたかったのに。

胸に渦巻いていたのは後悔の念。弟分を救ってやることができなかった、己への怒りであった。

椿座を立ち上げるまで、などと悠長に構えるのでなく、やはりすぐにでも斎翁を糾弾すべきだったのだ。たとえ弥助自身に止められようとも、斎翁への恩義を打ち捨てることになろうとも。それなのに──。

と、惣右衛門は己の頰を強く叩いた。

──いつまでうじうじしてるんだ俺は。後悔したところで何になる？

過ぎた時は取り戻せない。どれだけ自責の念に駆られようと、弥助が生き返ることは決してないのだ。

――後悔ばっかしてたんじゃ、俺を慕ってくれた弥助に顔向けできやしねえ……あいつの分まで、がむしゃらに生きる。それこそが俺のやるべきことだ。

己の強い姿をこそ、弟分は仰ぎ見てくれていたのだから。惣右衛門は深く息を吸いこむと、大股で歩を進めていった。

久方ぶりに訪れた吉原もまた、多くの人で賑わっていた。

椿座の立ち上げに奔走する間、忙しさに追われ根岸に行くことはほとんどできなかった。そろそろ朱崎も出産を終え、寮から吉原に戻ってきているはず。惣右衛門は逸る気持ちを抑えて黒羽屋の暖簾をくぐった。

「おやまあ、惣右衛門の旦那じゃございませんか」

甲高い声を発して玄関先に出てきたのは、黒羽屋のお内儀だ。

「おうお内儀、ずいぶん無沙汰をしちまったな」

「聞きましたよ。新しい一座が完成したんですってね?」

「ああそうだ、今さっきこけら落としが終わってな。朱崎にも報告せにゃと思って来たのさ。もう、戻ってきてるんだろ?」

すると突如、にこやかだったお内儀の顔が一変した。感情の失せた、能面のごとき顔。これに惣右衛門は片眉を上げた。

「左様でございましたか……ひとまずこちらへ、お上がりくださいまし」

そうして誘われたのは二階奥にある朱崎の座敷ではなく、大広間に隣接する内所であった。

内所の中に入るや否や、惣右衛門は目を見開いた。

「ははっ。何てこった、朱崎そっくりじゃねえか」

内所の隅で眠っていたのは、産まれたばかりの赤子だった。小さいながらに鼻筋がすっと通り、まぶたには二重の線もくっきり見てとれる。母親似であることは一目瞭然だ。

——こんなに可愛い生き物がいるたあ……世の中はまだまだ、俺の知らねえことだらけだ。

惣右衛門は赤子を起こさぬようおっかなびっくり、指先で柔な頰に触れた。

「何となく男だろうなと予想してたんだが、まさか女だったとはな」

「いいえ。その子は男ですよ」

「何、この顔立ちで？　こいつァたまげた。将来はとんでもない美形になるぜ」

「……こちらとしては、女子の方がよかったんですがね」

含みのある言い方に、惣右衛門は背後を見返った。

お内儀は内所の入り口に立ったまま遠巻きに赤子を見下ろしていた。その視線を以前もどこかで見た気がして、惣右衛門は内心で首を傾げる。

——そうだ、あの目だ。

古宮座の斎翁が、弥助の亡骸を見下ろす目。お内儀の視線はあの時のことを彷彿とさせるようだった。

「旦那。朱崎ですが、まだ見世には戻っておりませんよ」

「は？　どうしてだ」

赤子はここにいるのに。そう尋ねると、お内儀は無表情にこう述べた。

「産後の体調が芳しくないんです。正直、いつ戻ってこられるかも判りません」

「何だと——」

惣右衛門は弾かれたように腰を上げる。すぐさま取って返し、朱崎のいる根岸に向かうためだ。

しかしこれをお内儀が制した。

「おいお内儀、どいてくれっ」

「寮に行こうとしているんでしょう？　それはいけません。今行けば、朱崎の体に障りますから」

　ぐっと言葉を呑みこんだ惣右衛門に対し、お内儀は「とりあえずお座りくださいまし」と至って冷静だった。

「……おっ母さんの見舞いにも行けねえなんて、こいつが可哀相じゃねえか」

　促されるまま腰を下ろすも、惣右衛門は落ち着かない気分で赤子を見やる。するとお内儀が、

「旦那。ここだけの話なんですがね」

　と、何やら声を潜めてきた。

「産まれた赤子は見世で育てるという話を、朱崎からお聞きになりましたか」

「ああ、それがどうしたんだ」

「あの約束を、なかったことにしたいんですよ」

　思いがけぬ言葉に、惣右衛門はたまらず声を張った。

「そりゃあんまりじゃねえかっ。朱崎がどんだけややのことを想って——」

「旦那、私だって心苦しいんです」

　惣右衛門の声を遮り、お内儀は淡々と言葉を連ねる。

「太夫の子ともあれば、黒羽屋で育ててやりたいという気持ちは当然ありますよ。で

すがそれは朱崎が見世に出ているからこその話。非情とお思いかもしれませんがね、どこの妓楼も同じですよ。ぎりぎりの財を何とかやり繰りして、遊女たち全員を食わせてやらなきゃいけないんです」

一座の主となった旦那なら、私の言っている意味が理解できるでしょう――こう畳みかけられた惣右衛門は言葉に詰まった。

ひと呼吸を置いて、お内儀はさらに告げる。

「朱崎がいつ戻ってこられるか、そもそも見世に出られるほど回復するかどうかも定かでない以上――その赤ん坊は、里子に出すしかありません」

「そんな、朱崎の体はそれほど悪いのか？」

一瞬だけ、妙な間があった。

だがお内儀はこちらを正視しながら「はい」と首肯する。その表情には何の変化も見受けられなかった。

――朱崎……前に会った時は具合の悪い素振りなんて、少しもなかったじゃねえかよ……。

惣右衛門は逡巡した。

子に対する母親の愛がいかばかりかは、推して知るべし。自身の手で育てられぬことを残念がりながらも、それでも朱崎は産むことを決心したのだ。我が子に会うのを、あれだけ楽しみにしていたのに。このままでは母と子が引き離されてしまう。

不意に、かつて己が発した宣言が思い起こされた。

──俺は誓ったんだ。朱崎とややを、必ず、二人そろって請け出すって……朱崎は俺の言葉を、信じてくれた。

男に二言はない。惣右衛門は知らず知らずのうちに立ち上がっていた。

「だったら俺が、ややを育てる」

「……まあ。旦那が？」

お内儀の口元に、うっすら笑みが浮かんだ気がした。

「朱崎がややの成長を確かめられるように、廓にも頻繁に連れてくる。里子に出すってんなら俺が引き取っても問題ねえだろ？」

今はまだ足りないが、一年以内にはきっと金を工面して、朱崎自身も身請けしよう。そして三人で暮らすのだ。

家族三人で、一緒に。

むろん惣右衛門には子育ての知恵などからきしない。とはいえ椿座には子持ちの役者もいる。近所には乳飲み子を育てる女子もいる。皆に頼んで知恵を貸してもらおう。朱崎を請け出すまでの間だけなら、一人でも何とかなるはずだ。

——そうとも、俺は今までそうやって生きてきたんだ。椿座だって勢いと熱意でどうにか立ち上げた。

惣右衛門は己に言い聞かせた。心意気さえ揺らがなければ、子育ても必ずや、やり遂げられるだろうと。

されど運命はこの心意気を無情にも否定する。

椿座に朱崎の訃報が届いたのは、その二日後のことだった。


赤子のむずかる声が、住まいの中に空しく響く。

惣右衛門は泣きじゃくる赤子を横目に見つつ、何をするでもなしに、ただ茫然自失としていた。

——朱崎……お前は、本当に死んだのか？

名実ともに吉原で最後の太夫となってしまった朱崎。彼女の訃報は、今や江戸中が知るところとなった。しかしながら惣右衛門は、その死をにわかには信じられなかった。

朱崎は今まで病一つしたことがなかったのだ。出産がそれだけ過酷だったと考えることもできようが、仮にもし、朱崎が本当に命尽きてしまったのだとしたら、

――亡骸はどこに？　なぜ墓を建てない？　いくら遊女だからって、太夫職だった朱崎の墓すら建てねえなんぞ、おかしいじゃねえか。

不審な点は他にもある。朱崎の訃報が流れたのと時を経ずして、黒羽屋のお内儀が急死したのだ。

太夫の死。お内儀の死。この二つには何か深い繋がりがあるように思えてならない。元よりあのお内儀の態度にはどことなく引っかかるものがあった。ひょっとすると朱崎が不調だという話は、嘘だったのかもしれない。

ところがどれだけ問い詰めても、新たなお内儀となったお喜久からは、納得のいく答えは何一つとして得られなかった。

真相は杳として知れぬまま――もっとも真相がどうであれ、惣右衛門は漠然と悟っていた。

生死の如何にかかわらず、朱崎の、あの優しい微笑みを見られる時は、もう二度と来ないのであろうと。

「どうして、こんなことになっちまったんだ」

ただ愛する者たちと、幸せに過ごしたかっただけなのに。ただひたすら、平凡な家庭を築きたかっただけなのに。

本当の弟も同然に思っていた弥助は死んだ。未来の妻になるはずだった朱崎も、もういない。

惣右衛門は虚ろな目を赤子に向ける。

――これから俺は、たった一人でこの子を育てていかなきゃならないのか。たった一人で……。

「そんなのは、無理だ」

我知らず、乾いた自嘲が漏れた。

「子どもを育てる？　何を夢みてえなことを。最初から判ってたはずなのに。俺が、父親なんかにゃ到底ふさわしくねえ男だってよ」

胸に呼び起こされるのは古宮座での出来事。弥助の死を受けた惣右衛門は我を失い、自分より明らかに力の弱い老人を、感情のまま殴りつけた。斎翁が殴打されて然るべき悪人だったかどうかが問題なのではない。見境を失くしてしまうほどの暴力性こそが問題なのだ。安徳が止めてくれなくば、自分は本当に、人殺しになっていたことだろう。

「蛙の子は蛙、か……はは、血は争えねえってな本当だな」

今までずっと、否定をし続けてきた。故郷を離れ、前向きに生きることで、暗い過去を捨てようとしてきた。されど己の中には間違いなく、あの暴力的な父親の血が流れている。

もし弥助が生きていたら。もし朱崎が隣にいてくれたなら。状況は少なからず変わっていただろうに――。

「否定したところで、どうせ、無駄なんだ」

ふと、惣右衛門は気がついた。

度重なる不幸、そして抗いきれぬ血の連鎖に、己の心がとうとう挫けてしまったのだと。

緩慢な動作で腰を上げる。足を向ける先には、愚図り泣きをする小さな赤子の姿があった。

「ごめんな。俺ひとりでお前を育てるなんて、やっぱり無理な話だったんだ。お前のおっ母さんがいない今となっちゃ、なおのこと……」

他の引き取り手を探すよ、と沈んだ声で詫びながら、赤子の横にしゃがみこむ。

大人の都合で振りまわしてしまうことが何より居たたまれないが、どちらにせよ彼の肉親はもういないのだ。だとすれば、自分以外の者に育ててもらう方がこの子にとって幸せに違いない。

惣右衛門はゆっくりと赤子を抱き上げた。

「……ごめんな、朱崎……」

赤子の面立ちは、やはり愛した女によく似ていた。

瞬間、はっと惣右衛門は息を呑んだ。

──本当は自分で我が子を孵して、育ててやりたいのに、やむにやまれず他に託しているのかもしれんせん。

不如帰は我が子の成長を他に託す。ならば託された鶯はどうだろう。巣の中にある卵が自分の産んだものではないと、気づかぬことがあるだろうか。孵った雛が我が子ではないと、鶯は本当に気づかないのだろうか。

抱き上げられた赤子は、いつしか泣くのをやめていた。惣右衛門は震える瞳で赤子を見つめる。

何も知らないまま、独りぼっちになってしまった赤子。そして家族に焦がれ続けてきた自分自身が、重なって見えた。

「お前も、俺と同じなんだな」

惣右衛門は静かに目を閉じる。

ぽろ、と涙の粒がこぼれ落ちた。

――鶯はたぶん、判ってるんだ。巣の中にいるのが自分の子じゃないってことを。

それでも愛して、親になるんだ。

涙を頬に受けた赤子は、きょとんとした目で惣右衛門を見ていた。

「なあお前。俺と……この俺と、家族になってくれるか？」

赤子の顔いっぱいに、いたいけな笑みが広がる。

その小さな体を、惣右衛門は黙って抱きしめた。


赤子を引き取り育てることになった旨を話すと、案の定、安徳は猛反対した。

「よく考え直せよ惣の字。お前のような大ざっぱな奴が男やもめに赤ん坊を育てるなんて、そりゃ無謀にも程があるだろっ」

「そう言うお前は頭が固すぎ――っと、おうどうした、もうおしめの交換か？」

一方で惣右衛門は背に負ぶっていた赤子を、縁側に仰向けに寝かせた。股を触って確かめてみるも、濡れている様子はない。

「なあ惣右衛門。お前が強い男だってことはよく知ってる。椿座を立ち上げたのだってそう、お前には一度決めたことを実現する力がある」

たしなめるように言いながら、安徳は首を横に振った。

「けれど子を育てるなんてことは、生半(なまなか)な気持ちで言うものじゃない……しかもその子、お前と血が繋がってないんだろう？」

「あ。おい聞こえるか安徳？　どっかで鶯が鳴いてるぞ」

「真面目に話をしろっ」

外へと耳を澄ましたのも束の間、怒鳴られた惣右衛門は肩をすくめた。

友から反対されるのは百も承知。安徳の心配は、至極もっともと言えるだろう。

しかし惣右衛門は笑って答える。

「安徳。血の繋がりなんて、些細なことさ」

血が繋がっていようとも、自分は、あの最低な父親ではない。反対に血が繋がっていなくとも、弥助や朱崎は惣右衛門にとって、紛うことなき家族であった。

ならばこの子とも、きっと家族になれるだろう。想い、慈しむ心があればきっと。

決意はもう揺らがなかった。

「そんなわけだからよ、お前も色々と協力してくれ。椿座のこともあって目がまわっちまうくれえ忙しいんだ。頼りにしてるぜ、和尚さま」

「お前という奴は……」

しかし安徳はやれやれと呆れ顔をするだけで、それ以上のことを言わなかった。

「どうせ反対したって聞かないんだろう？」

「おう。さすがは親友、よく判ってるじゃねえか」

と、赤子がさらに大きな声で泣き始めた。惣右衛門は慌てて体を抱き上げる。

「何だなんだ、おしめじゃねえんだろ？　腹が減ってるわけでもなさそうだし、参ったなこりゃ」

そうだっ、と閃く(ひらめく)が早いか、赤子を抱いたまま庭に降りる。椿の木が一本、華麗な花をたたえる庭に。

「ほうら、お前の大好きな高い高いだぞ」

天にかざすようにして体を抱き掲げると、赤子の輪郭が晴れた空に映えた。

きゃっきゃと嬉しそうに笑う赤子。その笑顔は、惣右衛門の心を明るい希望で満たしてくれるようだった。

「大きくなったら色んな場所へ行こうな。色んな芝居を一緒にやろうな。お前はきっといい役者になるぞ？　何たって俺の息子なんだから……なあそうだろう、惣之丞」

鶯の声がこだまする中、我が子に向かい微笑みかける父の横顔を、暖かな陽光が照らしていた。

# 第六話　連理の宝

「やれやれ、随分と帰りが遅くなってしまった。急いで勤行の支度をしなくては」

外での法要を一通り終え、慈鏡寺へと戻ってきた錠吉はひっそりと吐息をこぼす。刻限はすでに夜四ツ。町木戸も閉められる頃である。

錠吉は裏の畑にある井戸へと向かい、盥に水を汲んだ。顔を洗い、残暑で汗ばんだ肌を拭う。

辺りから聞こえてくるのは虫の音だ。程なく夏は終わり、江戸には爽やかな秋が訪れるであろう。視線を上げれば、空には美しい月が出ていた。

「……穏やかなものだ」

夜がこんなにも静謐として心落ち着くものであるなどと、吉原にいた頃はとても考えられなかった。心を洗い清めてくれるがごとき月を見仰ぎながら、錠吉はひとり、口元に笑みをたたえた。

吉原が最高級妓楼「黒羽屋」にて若い衆として働く一方、鬼退治組織「黒雲」の一員として戦いに心血を注いでいた日々は、もはや過去のものとなった。

黒雲の同志たち——権三、豊二郎と栄二郎の双子、そして黒雲が要とも言うべき頭領、瑠璃。五人で臨んだ「鳩飼い」との戦は辛くも黒雲に軍配が上がり、かくして江戸には、真の平和が訪れた。

この戦を最後に黒雲は解体された。瑠璃は花魁の職を辞して日ノ本を巡る鎮魂の旅へ。権三は豊二郎とともに紺屋町で料理屋を営み、栄二郎は絵の道へ、そして錠吉は、僧侶として元いた慈鏡寺に戻った。

五人の同志が別々の道を歩み始めてから、はや五年。

やや湿り気を帯びた空気を吸いこみ、錠吉は在りし日を思う。

吉原に響くさんざめきも、鬼との戦いで感じていた血腥さも今は昔。晩夏の空気は澄みきって、夜の今戸はのどやかな静寂に満ちている。

——しかし静かすぎるな……。

つと違和感を覚えた錠吉は本堂を見やり、「ああ」と納得する。

「そうか。今晩は妖たちがいないんだった」

かつて黒羽屋に幾度となく出入りしていた妖たちは、現在、慈鏡寺を主な塒としている。だが今宵は山姥の露葉、油すましの油坊が住む山々を梯子して「飲み比べ大会」なるものを催すのだと言っていた。とはいえどんちゃん騒ぎの大好きな妖たちが一晩ぽっきりで満足するはずもない。おそらく向こう二、三日は寺に戻ってこないであろう。

で、あれば、今晩は久々にゆっくりと勤行に専念できる。錠吉は腰を上げた。喧しい妖たちに阻まれ、今までろくに夜の勤めを果たせずにいたのだ。

「む、何だこれは？」

表口へとまわりこみ、本堂の戸を開けるなり錠吉は眉をひそめた。框にどっさり重なっていたのは大小の風呂敷包み、行李、木箱などの山だ。

山のてっぺんには、

《錠吉連　一同より》

と貼り紙がしてある。

はあ――と錠吉の口から我知らずため息が漏れ出た。

細身かつ整った面立ちをした錠吉は、昔から女子に好かれやすい。「錠吉連」とは彼に恋する乙女たちの集まりで、微笑ましいものかと思いきや、然にあらず。その実態は誰かが抜け駆けをしないよう互いに監視、牽制しあうというものであった。

どうやら女子たちは錠吉が寺を離れていた間に贈り物を持ち寄り、ここに置いていったらしい。

「一体なぜだ」

錠吉は頭を抱えたくなった。

「俺にそんな気はないと散々言っているのに、なぜ諦めてくれない？　どうやったらこれ以上、女子から好かれなくなるんだ？」

剃髪し僧侶となることで自然と女子も離れていくだろうと踏んでいたのに、現実、彼の人気は増す一方だ——丸坊主に法衣をまとった姿が妙に色気を醸し出している、ということを本人は気づいていないのだが。

——よいか錠吉よ。儂はお前と女子との橋渡しをするために慈鏡寺の住職をしているのではない。

ある日の会話が想起された。師匠である老僧、安徳は、女子から託されたのであろう恋文を差し出しながらぷるぷると口元を震わせていた。

──もう儂は京に戻るっ。これはあれじゃぞ、東寺に呼ばれたから戻るのじゃ。京は先の大火事で修羅場を迎えておるそうじゃから……言うておくが、決してお前のモテっぷりを見るのが辛いからではないぞっ。

この主張が本音かどうかはさておき、こうして師匠は、元々いた京の教王護国寺にむくれた様子で戻っていったのだった。

「まったくもって嘆かわしいことだ」

どうすれば女子たちの煩悩を断ち切れるだろう、と錠吉は贈り物の山を見ながら途方に暮れる。

ここへ来る若い女子ときたら、御仏へ祈りを捧げるでもなく、己の心身を清めようと努めるでもなく、あの手この手で錠吉の気を引こうとしてばかり。飯で胃袋をつかもうとする者、色仕掛けをしてくる者、時には女子同士で「誰が錠吉さまの女にふさわしいか」と果たし合いが繰り広げられることも。悪しき煩悩に囚われている、と言う他あるまい。

「仕方がない、この贈り物はすべて返してしまおう。そして今度こそ教え諭すのだ。ここは神聖なる寺であり、俺は御仏に仕える僧なのだと──」

「あっ、ご住職。おいででしたか。ちょうどよかった」

振り向いて見れば、脚絆に腹掛け姿の男がこちらへと駆けてくる。飛脚の男だ。

「どうも、遅くまでご苦労さまです」

「いえいえご住職こそ……って、何ですかいそりゃあ？」

飛脚は錠吉の背後に積まれた贈り物の山を見るや目を点にする。錠吉はさっと己の体で飛脚の視界をふさいだ。

すると飛脚は何を勘違いしたか、

「はっは、隠さなくたって大丈夫でさァ。あっしはちゃんと判ってますよご住職」

と訳知り顔で頷いた。

「坊さんだって人間だ。金儲けをしたり、お宝を集めたりすることもありやしょう」

「何を、断じてそういう類のものではありませんっ」

「けど気をつけてくだせえよ。お宝はしっかり隠しておかにゃあ盗人に目をつけられちまいやすから……と言っても今は平気か。例の〝錠前破り〟だって捕まったことだし」

「錠前破り？」

聞き返す錠吉に対し、飛脚は「おやご存知ないんですかい」と眉を上げた。

「江戸中の大店(おおだな)や屋敷を狙ってがっぽがっぽと荒稼ぎしていた女盗賊ですよ。先月とうとうお縄について、小伝馬町(こでんまちょう)の牢屋(ろうや)でコレでさあ」

しゅっ、と手で首を斬る真似をしてみせる。

「ま、とにかくお宝の管理にゃよくよく注意しておくことですぜ？」

「はあ……」

「おっといけね、肝心なことを忘れてた。こちら宛ての文は二通でやすね。はい、そんじゃあっしはこれで」

誤解を解くこともできぬまま、飛脚は気忙(きぜわ)しそうに寺から走り去ってしまった。

──打ち首、か。

早合点をされた上に、何とも後味の悪い話を聞かされたものだ。錠吉は些(いささ)か顔をしかめながら受け取った文を見やる。

二通の文のうち一通は厚みがあり、裏に教王護国寺の雲紋が捺(お)されていた。安徳からの文だ。

「──〝京の世情は何かと騒がしい〟、か。ともあれ師匠も息災でいらっしゃるようだな」

書かれた内容を流し読んでから、次いでもう一通、薄い文へと目を転じる。こちらには表にも裏にも送り手の名がなかった。はてと思いつつ錠吉は中を開こうとする。

すすり泣く声が聞こえたのは、ちょうどその時であった。

「う、う――」

風に乗って微(かす)かに聞こえてくる、何者かの涙声。どうやら墓地の方かららしい。

――この感じは……。

錠吉はすぐさま文を懐に入れ、墓地へと足を向ける。

果たして夜の墓地に佇んでいたのは、一人の女であった。されど錠吉はすでに悟っていた。

女が、生者ではないということを。

「あな、哀しや……恨めしや……」

女の顎から伝った涙がぽつ、と地面に落ち、たちまちにして消え失せる。下駄を履いていない女の素足からは、向こう側がうっすら透けて見えている。

――やはり、幽霊だったか。

錠吉は重い心持ちで目を伏せた。

江戸の鎮護神、平将門(たいらのまさかど)の魂が清浄に戻ったことにより、以前のように江戸に鬼が跋扈(ばっこ)することはなくなった。が、人の恨みや哀しみの念は、依然として絶えない。霊魂となった死者は江戸をさまよい、時折こうして慈鏡寺に現れるのだった。

「何がそれほど、哀しいのですか」

そう問いかけるも、女はただ涙を流すばかり。何事か訴えたい様子ではあるが、途切れ途切れの声はどうにも聞き取りづらい。

錠吉は一歩、女に歩み寄った。

「私はこの寺の住職です。あなたは、現世に未練があるのでしょう？　よければ話を聞かせてはもらえませんか」

死者の嘆きを聞き、魂をなだめ、そして経を上げる。錠吉は黒雲なき後、こうして霊たちの成仏を何度となく促してきたのである。

「きっとお力になれるはずです。ゆっくりで構いませんから、さあ話してごらんなさい」

「あたいの……う、うう……」

さめざめと泣き続ける女の声は、この距離ではやはり聞こえにくい。錠吉はさらに一歩、女に近づいた。

手を伸ばせば触れられる距離まで近づいた途端、

「……はっ、ちょろいね」

ニヤリ、と女の顔面に歪な笑みが浮かんだ。

しまった――。

血の気が引いたのも束の間、錠吉の意識は、瞬く間に遠のいていった。

とにかく急いで慈鏡寺に来い――。

権三から切迫した様子でこう告げられた双子の青年は、揃(そろ)って今戸の通りを駆けていた。

「ったく、朝っぱらから何だってんだよ。店の仕込みの途中だったのに」

仏頂面をする兄の豊二郎に対し、弟の栄二郎も困ったように眉を下げる。

「俺も鳥文斎(ちょうぶんさい)先生に、絵具の調達を頼まれてたんだけどなあ」

時刻は明け六ツ。今戸には鳥たちのさえずりがこだましている。今日も今日とて平穏な朝だ。

口々に不平をぼやきながらも双子は慈鏡寺の門をくぐる。

直後、本堂の方から権三の大声が聞こえてきた。

「錠、おい錠吉、気をしっかり持てっ」

双子の顔色がさっと変わる。温和な権三がかような怒声を張っているとは、何か只ならぬことが起きているに違いない。

「どうした権さんっ」

「錠さんが何──」

が、本堂に飛びこむや否や、二人は同時に固まってしまった。

「あーっはっは、こりゃ上等な酒だねえ。こんな美酒にありつけるとは、いっぺん死んでみた甲斐(かい)があったたってモンさ」

「何だってお前がこんなことに……頼むから目を覚ましてくれ、錠ッ」

そこに見たのは弱り果てた様子の権三と、あられもない錠吉の姿であった。

仏像の前にて法衣の襟元をみだらにはだけ、片膝を立てながら酒をかっくらう。大口を開けて笑う様に、平素のきりりとした凜々しさは見る影もない。

「じょ、錠、さん……？」

「何だろう、何か嫌だ……」

双子の思考は停止した。どんな時でも実直かつ冷静な錠吉をこそ慕っていたのに、こんな姿は到底、受け入れられない。

「ああお前たち、やっと来たか」

と、二人の到着に気づいた権三が駆け寄ってきた。

「権さん、これは夢か？　幻か？」

「もしかして錠さんてば、真面目すぎるのが祟って気が変になっちゃったのかな？」

「いや違うんだ」

権三は大きな背中を丸めつつ、その先を言いよどんだ。どうやら彼自身もまた困惑の只中にいるらしい。

一拍の間を置いて権三の口から明かされた事実に、双子は驚愕した。

「実は錠吉が……女子の霊に、とり憑かれてしまったようなんだ」

「えええええッ」

何でも権三が早朝、慈鏡寺に立ち寄った時にはすでに錠吉はこの状態であったそうだ。錠吉が手に持つ酒瓶には「油」の字。酒造りの得意な油坊が慈鏡寺に置きっぱなしにしていったものだろう。

「俺もてっきり、錠吉が何かの拍子に乱心しちまったんだと思ったんだが——」

何があったのかと問い質す権三に、当の錠吉はこう答えたそうだ。「この坊さんの体はあたいがもらった」と。

「何てこったよ……」

双子はあんぐりと口を開けた。

錠吉が供養のために女の霊と接触したのであろうことは想像できる。霊の話を詳しく聞かんとして、少しばかり気を緩めたのかもしれない。が、仮に油断をしていたとしても錠吉ともあろう者が、黒雲の戦闘員として百戦錬磨の経験を持つ彼が、憑依を許してしまうとは。

この霊、鬼でなくともなかなか強力かもしれない。

「おや、お仲間かえ？　こりゃまた可愛らしい双子ちゃんだねえ」

錠吉――もとい女の霊がこちらに顔を向けた。錠吉の体でこの話し方をされるとどうにも背筋がむずむずしてたまらない。

今なお混乱している双子に、権三がひとまず座るよう促した。

「中に入っている女子を成仏させて、錠吉の体から出ていってもらうんだ。お前たちも手伝ってくれ」

こうして三人は錠吉の体を乗っ取った霊と対面する格好で、畳に腰を下ろした。

「あんたたちも一杯どうだい？　あたい一人で飲むってのも飽いちまったからさ」

「や、結構です」

片手を上げて断りつつ、まずは栄二郎が先陣を切った。

「あのう、聞きたいことは色々あるんですけど、あなたのお名前は？」

「あたい？　あたいはリヲっていうんだ」

「リヲさん、ですか。念のため確認しますが、あなたはその、お亡くなりになっているんですよね」

「ああそうさ」

事もなげに言うとリヲはぐびりと酒を喉に流しこむ。

「まだぴっちぴちの二十五だったのにね。ちょいとヘマやらかして、気づいた時には小伝馬町の女牢で打ち首さ」

三人は言下に眉根を寄せた。

「打ち首ってえことは、何か罪を犯したので？」

権三が問う。

リヲはふん、と白けた面持ちで片笑んだ。

「知れたことを。罪もない奴が打ち首なんぞになるワケないだろう？　あたいの罪は盗みだ。それも三千両、根津(ねづ)にある札差(ふださし)の蔵からかっぱらったのさ」

「さ、三千両っ？」

目の玉の飛び出る額ではないか。と、ここで豊二郎があることを思い出した。

「待てよ。リヲ……どっかで聞いたことある気がするけど、ひょっとして、前に瓦版(かわらばん)

で騒がれてた女盗賊か？」

するとリヲはやおら酒瓶を置き、三人に向かって恍惚とした笑みをたたえた。

「そのとおり。いかに堅牢な蔵であろうと難なく突破し、闇夜に忍んで財宝を得る。人呼んで天下の女盗賊――〝錠前破りのリヲ〟ってな、あたいのこった」

聞けばこの女、生前は本人も覚えていないほどの件数の盗みを働いていたという。彼女の悪名は瓦版にもたびたび躍った。

盗みで得た金はどうしたのか。三人の問いかけに対しリヲはこう答えた。日々の生活に必要な分だけを残し、あとはすべて貧しい村々に配ってしまったのだと。

「そりゃいわゆる義賊ってやつじゃねえか」

「か、格好いい……」

思わず羨望の眼差しを注ぐ双子に、しかしリヲは気怠い様子で手を振った。

「やめとくれ、義賊だなんて大仰なモンじゃないんだから。生まれてこの方、盗みしか知らなかった。けど役人に追われてばかりの身じゃあどこかに腰を落ち着けることもできやしねえ。だから持ち歩けない金を、たまさかそこにいた、ひもじい思いをしてる奴らに渡した。それだけのことさ」

さりとて札差の蔵から三千両を盗み出した折、逃走に手間取ったリヲはついに捕らえられた。小伝馬町の女牢に入れられた挙げ句、打ち首の刑に処されてしまったのである。

「それであなたは、幽霊になったのですね」

経緯を傾聴していた権三がいたわしげに視線を落とした。

「いくら盗みが大罪といえども、あなたが狙ったのは富豪の蔵ばかりだ。多く持つ者から持たない者へと分配することが善か悪か、意見が割れるところかもしれやせんが……あなたの無念は、深くお察しいたしやす」

ところがリヲは自身の左腕をさすりながら、権三の弁を豪快に笑い飛ばした。

「そりゃ下手をして捕まっちまったのは悔しかったけど、無念だなんてこれっぽっちも思っちゃいないよ。人のモンを盗んじゃいけねえってな、小さいガキんちょでも知ってることだ。打ち首になったのは今までさんざ悪事を働いてきたツケさ」

ゆえに己の死も受け入れている。こうあっけらかんと述べたリヲに、三人は同じ疑問を抱かずにはいられなかった。

「じゃあ何で幽霊になっちまったんだよ？　無念がないならとっくに成仏してるだろうに」

豊二郎が尋ねると、リヲはどこか思案げな眼差しをした。癖なのだろうか、しきりに左の肘下をさすりながら。

「無念なら、他にある」

そう小声でつぶやくや、改まったように男衆の顔を順々に見た。

「あたいには、いっとう大事なお宝があってね」

「お宝……？」

数多の財宝を目にしてきたであろうリヲが「いっとう」と言うからには、さぞかし値の張る代物に違いあるまい。双子はごくりと生唾を呑む。

「そうとも、肌身離さず着けていたお宝だ……物を持ってあの世に行けないのは判ってる。でもせめて、もう一度だけでいいから、あのお宝をこの目で見たい」

だからあんたたちにも協力してもらう。

そう言うなりリヲは自身の頰を――錠吉の頰を、中指でつう、となぞった。

「〝鶴の腕守り〟をここへ持ってきな。じゃなきゃ一生、このきれえな顔した坊さんにとり憑いてやるよ？」

その面持ちには、不敵な笑みが広がっていた。

女盗賊、リヲが望む宝「鶴の腕守り」を探すべく、豊二郎と栄二郎の双子は慈鏡寺を後にしていった。

「へえ、あんた権三さんていうんだね？」

一方で権三はというと、なぜだかリヲに気に入られ、慈鏡寺に留まって酒の酌をさせられることになった。

「あの、リヲさん。俺も宝探しに向かいたいんですが」

「まァいいじゃないかえ。この何にもない寺に女ひとり残していくなんて、つれないことをお言いでないよ」

一刻も早く彼女の望みを叶えて、錠吉を元に戻してやりたいのに。だが権三はぐっと気持ちを抑える。

言葉を交わしてみた感じ、リヲは俗に言うような悪霊ではない。しかしながら彼女には錠吉の体を乗っ取るほどの力があるのだ。

今のところ恨みつらみの情は持ちあわせていないらしいが、いつ何がきっかけで無念が怨念に変じるとも判らない。よってできる限り、彼女の希望に沿ってやるのが得策だろう。

「しっかしあんた、なかなかどうしていい男じゃあないのさ、ええ？」

不意に、リヲが権三の体つきをうっとりとした目で眺め始めた。

「この坊さんも相当な美丈夫だけどさ、あたいはあんたみたいに、がっしりした男の方が好みでねェ」

言いつつこちらへにじり寄ってきたかと思いきや、分厚い筋を確かめるかのごとく権三の胸板をすす——となぞる。

これにはさすがの権三も泡を食った。

「……ッ。り、リヲさん、その体は錠吉のものなんですから」

「おやまあ鳥肌なんか立てちまって。そう固くならずに、少しくらいはいいじゃないか。〝男同士〟ってのも案外、悪くないかもしれないよ？　……ふふ」

と、リヲは意味ありげな上目づかいをして権三を見やった。

——こりゃ一体、どうすればいいんだ。

権三はその場で硬直した。衆道の気などまったく持ちあわせていない上に、相手は中身こそ違うが錠吉だ。

——このままじっとしているべきなのか？　錠……じゃなくて、リヲさんの為すがまま？

否。いくら彼女の希望に沿ってやりたいといえども、そればかりは耐えられない。

ぞわわ、と総毛立った権三を見て、片やリヲは突然に吹き出した。

「あっはは。やだねえ冗談じゃないか。あたいだって男同士なんか無理だよ。作法が判らねえもの」

逆に言えば、作法さえ知っていたら事が始まっていたのだろうか——放心してしまった権三に対し、リヲは意地悪にもにやにやと笑っている。

「ごめんったら、そんな顔しないどくれよ」

「ちと、おふざけが過ぎますよ……」

「権三さんって懐が深そうだから、ついからかってみたくなったのさ」

さらりと言ってのけ、リヲはまたも左腕をさする。権三がその仕草に引っかかりを覚えていると、

「……ねえ、権三さん。あんたも、さっきの双子ちゃんも、あたいのことが怖くないのかえ」

この坊さんも、とリヲは胸元に手を当てた。

「錠吉、とか言うんだったね。実は五日ほど前からこの寺で観察させてもらってたんだよ。この坊さんにとり憑いたのはさ、女に甘そうだと思ったからだ」

女子たちにきゃあきゃあと群がられ、困り顔をしていたからだと。

「まったくニクいよねえ、この色男はさっ」

言いながらリヲは軽い調子で頬を叩いてみせる。

――困り顔をしていたのはたぶん、本気で困っていたからだろうなあ……。

錠吉の苦悩を知る権三は空笑いをした。

リヲが言うには、幽霊の姿を視認し、声を聞くことができる人間はそう多くないのだとか。その点、錠吉には力があるように見受けられた。そこで少しばかり泣き真似をしてみたところ、錠吉はすぐさまリヲのいる墓地へとやってきた。

声の主が幽霊であると気づけば、臆して心に隙ができるはず。そこを憑依してやろう。しかし錠吉は、リヲも予想外の行動に出た。

なぜ哀しいのか話してほしい。彼はそう言って、幽霊であるリヲに心を傾けた。結果、そのせいで憑依しやすくなってしまったのであるが。

リヲは不思議そうな目を権三に向けた。

「あたいは死人だ。普通なら怖がるか、仲間にとり憑かれて怒るところだろう？　それをこうして受け入れてくれるだなんて、あたいが言うのも何だけど、あんたたちってかなり変わってるよね」

「リヲさん。〝黒の五人衆〟の噂を、聞いたことがありますかい」

突拍子もない話題に、リヲは首を傾げた。

「黒の……五年前までよく耳にした名だね。確か鬼退治を生業にする集団だったとか何とか。どうせ作り話だろうけど」

権三は静かに微笑んだ。

「黒の五人衆の正式な名は、黒雲と言います。俺たちは皆、その組織の一員だったんですよ」

リヲの顔に驚きが浮かぶ。権三は黒雲について彼女に語って聞かせた。

死後、恨みと哀しみの果てに鬼となってしまった者たち。黒雲は江戸の安寧のため、そして彼ら鬼の魂を浄化するために、人知れず戦っていたのだということを。

「まさか、実在していただなんて――」

「信じられないのも無理ありません。込み入った事情がありましてね、黒雲の委細は公にできなかったんですよ」

今とて然り、もしリヲが死者でなければ明かせぬ事柄である。

未だ驚きを隠せない様子のリヲに向かい、権三は言葉を継いだ。

「鬼が江戸に出没することはもうないでしょう。けれども人の営みがある限り、鬼に近い怨念が生まれる可能性はあります。だから俺たちは、あなたを放っておけないんですよ」

たとえ鬼でなくとも、生者に大きな被害がなくとも、さまよう死者の想いを遂げてやりたいという気持ちは同じだ。

黒雲という組織がなくなった、今もなお。

「それに、あなたはどことなく頭（かしら）に似てるんですよ。歳もちょうど同じですし。だから余計に、放っておけない」

「頭？」

「ええ、黒雲の頭領だった人です。これがまた勝気な女子でね。あなたの蓮っ葉な話し方とか振る舞いを見てると、どうにもあの人の顔が浮かんじまうんでさ」

そう苦笑する権三の表情に何かを感じ取ったのか、

「……ふうん。随分と慕われてるんだね、その頭ってのは」

と、リヲは少し遠い目をした。

権三はさらに続ける。

「頭は変わった女子でした。表の稼業でかなりの大金を稼いでた割に、物欲ってやつがちっともないんです——それでふと気になったんですが、リヲさん、もしやあなたも同じなんじゃありませんか？」

盗んだ大金を惜しげもなく配ってしまうくらいなのだから、物への執着心もなかったのではないか。だとすればなぜ「鶴の腕守り」にそこまでこだわるのか。

「教えてくださいリヲさん。あなたが心残りに思っているのは、本当に、腕守りの、こ、とだけなのですか」

ぎゅっ、とリヲは左腕をつかむ手に力を入れた。先ほどまでの上機嫌な様子とは打って変わり、瞳には若干の苛立ちが垣間見える。

「言ったはずだよ、あたいの望みは腕守りをひと目見ること。それ以上でも以下でもねえ」

「ですが――」

「おまけに何だい、盗人のあたいに、物欲がないだって？　いいかい権三さん、あんたが知ってる女を基準にあたいを推し量るんじゃあないよ。気性が似ているかは知らねえけど、あたいとその頭とやらは別人だ。生業も、過ごしてきた環境もね」

リヲは言った。自分は一匹狼だったのだと。頼りにできる親兄弟も仲間もおらず、ずっと己だけで生きてきたのだと。

それは彼女が初めて牢に入れられた時まで、ずっと――。

「ちょいと待ってください」

と、権三は思わず話を遮った。

「初めて牢に入れられた、というのは？」

「ああ、まだ瓦版で騒がれるようになる前のことさ。八両を盗もうとしたところを運悪く見つかっちまってね」

どうやらリヲが牢に繋がれたのは二回だったらしい。一度目は八両を盗んだ咎で。そして二度目は知ってのとおり三千両を盗んだ咎で捕縛され、リヲは死罪となった。

江戸の刑罰において、盗みが死罪とされるのは十両以上を盗んだ時だ。盗んだ額が十両未満だった場合、罪人は左の肘下に太い二重線の入れ墨を施された上で放免となる。

――と、いうことは……。

「リヲさん、あなたも左腕に入れ墨を彫られたんですね？　もしや腕守りを着けていたのは、入れ墨を隠すためだったんじゃありやせんか？」

左腕をやたら気にする癖があるのはそのせいでは――こう問うた権三に、リヲは目だけで頷いたものの、そのまま口を閉ざしてしまった。

刻まれた罪の証を、人目から隠すための腕守り。どうやら彼女が腕守りに拘泥する理由には入れ墨が深く関係しているようだ。

無言で酒をあおり始めたリヲの面差しから、権三はどことなく、切なさに似たものを感じ取っていた。


一方、その頃。

豊二郎と栄二郎の兄弟は小塚原にいた。

慈鏡寺を出た二人はまず手始めに小伝馬町へと赴き、女牢を管理する役人を訪ねたのだが、リヲの死骸はすでにそこにはなかった。

牢にて絶命した者や刑によって命を落とした者たちは本来、供養も埋葬もしてもらえない。血縁者がいなければ打ち捨てられ、鴉や野良犬の腹に入るのが常道だ。さような死者たちを無縁仏として弔うのが、ここ、小塚原回向院である。

双子はリヲの死骸が回向院に運ばれたと聞き、この地へと足を運んで来た。

ところが――。

「錠前破りのリヲ……ええ、その女子でしたら、死骸は確かにここで弔いました」

「その女、腕に飾り物を着けていませんでしたか？」

「鶴の意匠の腕守りで、たぶん高価なものだと思うんですけど」

「腕守り、ですか。生憎ですがそういったものは見ていませんね」

回向院に勤める僧から回答を得るや、二人はがっくりとうなだれてしまった。

「そんなあ……」

「ここにないってんなら、どこを探しゃいいんだよ」

この落胆ぶりを見た僧は不憫(ふびん)に思ったのだろう、おろおろと両手を宙に這わせた。

「天涯孤独の身かと思い死骸を引き取ったのですが、あなた方は、あの女子の知人なのですか?」

双子は揃って微妙な顔をした。

「知人っていうか」

「巻きこまれてしまったというか」

ともあれ彼女のために、大事にしていたという腕守りを見つけてやりたいのだ。そう伝えると、僧は何やら考えこむようになった。

「左様でしたか……しかし残念ながら難しいでしょうね。質屋を探せば、あるいは見つかるかもしれませんが」

「て、手掛かりがあるんですかっ?」

ぱっと目に輝きを取り戻した栄二郎に対し、僧は難しい表情でこう続けた。

「お探しの腕守りとやらは、おそらく小伝馬町から小塚原まで運ぶ際に、誰かが死骸から盗ったのでしょう」

「盗った、というと……？」

「今ほど〝高価なものかもしれない〟とおっしゃいましたね。金銀財宝の類であれば、なおさら可能性は高い」

食うに困った者が、身寄りのない咎人の死骸から金目の物を持ち去る。これは決して珍しくない話なのだという。そうなると件の腕守りは今頃、質屋か骨董屋に売り払われてしまったに違いない。

僧が親切にも教えてくれたこの可能性は、果たして、双子をますますげんなりさせるだけであった。

「兄さん、これからどうしよう」

「そんなの俺だって判んねえよ」

とぼとぼと来た道を戻りながら、双子は示しあわせたように深いため息をついた。

どこの誰が持ち去ったかも判らずして、どうやって腕守りを探せばよいのだろう。

もし本当に売り払われてしまったのだとすれば、江戸中にごまんと点在する質屋と骨董屋を地道に、一つずつ、虱潰しにしていくしかない。考えるだけで気の遠くなるような話だ。

豊二郎と栄二郎は青空に浮かぶ綿雲を見上げ、しばし呆然とした。

「もう、錠さんはあのまんまでもいいかなあ」

「何を言うの兄さん、いいわけないでしょ。錠さんはともかく、リヲさんの望みはきっと俺たちで叶えてあげなくちゃ」

「錠さんはともかくって……栄、お前も大概ひでえよな」

はあ、とまたも倦んだ長息を吐き出す。

二人も決して暇なわけではない。今とて各々の仕事を押して宝探しをしているのだ。一刻も早く腕守りを見つけて事を解決しなければ、晴れやかな気持ちで仕事に戻ることすらままならない。

実を言えば、リヲを成仏させるにはもう一つ手段がある。錠吉が持つ錫杖、権三が持つ金剛杵を使って、強引に魂を浄化させる方法だ。そうすれば手っ取り早くリヲを錠吉の体から引きはがすことができるのだが、しかし双子も、権三にも、安易にこの方法を用いる意思はなかった。

「錠さんもきっと、リヲさん自身が心から成仏を望めるようにと思って、錫杖を使わなかったんだろうね……」

弟の考えに、豊二郎も同意した。

「そりゃそうだ。対話しにくい鬼ならまだしも、心残りが消えねえまま幽霊を無理やり成仏させちまうってのは、俺たちだって嫌だもんな」

たとえ成仏という結果は同じだとしても、可能な限り死者の未練をなくし、心安らかに逝かせてやれる方法を選びたい。元は同じ黒雲である男衆は、皆が皆、過程を何より重んじているのだった。

「けど、そうは言ってもなあ……」

此度の難題は、いかにして解決したものだろう。やはり江戸の町々をまわって質屋行脚をするしかないのか。その苦労を想像するや、豊二郎は「うへえ」と渋い顔を作った。

栄二郎も兄と同じ気持ちだった。運よく目当ての質屋を見つけ出せたところで、誰かに腕守りを買われた後だったら。さらには買った者の名前すら判らない状態だったとしたら。腕守り探しはまたも振り出しに戻ってしまうだろう。

ふと、浮かんだ思いが口を突いて出た。

「こんな時……頭だったら、どうするんだろう」

栄二郎の胸中にあったのは黒雲が頭領――なおかつ彼が想いを寄せる相手でもある

――瑠璃の面差しであった。

はた、と豊二郎が弟に目を留める。

「……瑠璃なら、か」

明け透けな瑠璃のことだ、きっと開口一番「めんどくせえ」と口を尖らせるだろう。「何でわっちがそんなことを」とぼやくかもしれない。

さりとて双子は知っていた。

態度はさておき、瑠璃が死者の無念を知りながら、むざむざ見放すような真似を決してすまいと。どれだけ難儀であろうとも、死者のために知恵を絞り、行動し続けるであろうと。

――頭なら、何があっても絶対に、諦めない。

「よしっ。兄さん俺、腕守りの絵を描くよ。それを持って江戸中の質屋をまわるんだ」

「じゃあ俺は知り合いの板前衆に声をかける。人手は少しでも多い方がいいからな」

やるべきことは決まった。双子は気持ちも新たに、勇ましく頷きあう。

とその時、

「あれ、豊さん？　まあ栄二郎さんも一緒じゃないの」

声のした方を見返る。

「権三さんに呼ばれて出ていったきり、ちっとも帰ってこないから心配したのよっ」

頬を膨らませながらこちらに歩いてくるのは、ひまりだった。

黒羽屋の禿（かむろ）であったひまりは現在、豊二郎と夫婦（めおと）になり、二人そろって権三の料理屋で働いている。聞けばこの近辺にある乾物屋へと食材の仕入れに来たらしい。

「んもう。一人で昼どきの切り盛りするの、すっごく大変だったんだからね？」

口の立つ新妻から責められ、豊二郎は大いにたじろいだ。

「わ、悪いひまり、いったん店に戻るの忘れてた」

「ひまりちゃん、許してあげて。実はちょっと困ったことになっちゃってさ……」

「困ったことって？」

ひまりは怪訝（けげん）そうに首をひねっている。

何をどう説明したものか——言葉に迷いつつも、豊二郎と栄二郎は今の状況を彼女に話した。

「ええっ。あの錠吉さんが、そんなことに？」

ひまりは黒雲の実態を知る数少ない人間の一人だ。むろん啞然（あぜん）としてはいるが、錠吉が女の霊に憑依されたという突飛極まりない話も、どうにか理解してくれた。

「そういうことなら早く言ってちょうだいな。あたしも一緒にお宝探しを手伝うわ」

「本当？」

「すまねえ助かるぜっ」

「いいのよ。そのリヲって人のこと、あたしも気がかりだもの。ええと、それで？お宝っていうのは一体何なの？」

鶴の意匠が施された腕守り。そう答えるやひまりは「まあ」と手で口元を覆った。

「それはもちろん大切なものに違いないわ。ええ、きっと見つけてあげなくちゃ。同じ女子としてなおさら……」

ひとり合点がいったように頷きながら、ひまりはほんのりと頬を染めている。

片や双子は眉間に皺を寄せた。

「同じ女子として、ってどういう意味だよ？」

「あら二人とも知らないの？　腕守りはね、単なる飾り物じゃないのよ。両想いの男女が、互いの愛情の印としてお揃いで着けるものなの」

続けてひまりはこう言った。

鶴は一生をつがいで過ごす。伴侶を替えない一途な鳥だ。したがって鶴の意匠には、生涯をかけて添い遂げる、という強い想いが込められているのだと。

「ほら、あたしらの祝言の時に仕立てた白無垢、あれにも鶴の刺繍がされてあったでしょ？　鶴は婚礼の時にもぴったりの柄だからね――うふふ、もちろん豊さんは判ってたと思うけど」

「へえ。あの白無垢、そんな意味があったのか」

無頓着な夫を半目で見据えるひまり。だが当の豊二郎は妻が不機嫌になった訳が判らずあたふたするばかりだ。

「あのさ兄さん」

と、栄二郎が腕組みをしながらつぶやいた。

「何だよ栄、小難しい顔しちまって」

「好いた者同士がお揃いで着けるってことは、リヲさんが着けてた鶴の腕守りも、元は一対だったってことだよね」

「そりゃまあそうなる――あっ」

時を同じくして、双子の頭にあることがよぎった。

「リヲさんの死骸から腕守りを持ち去ったのって」

「もしかして……」

二人は目と目をあわせ、次の瞬間には走りだした。

「ちょ、ちょいと待ってよ二人とも、急にどうしたの？」

「権さんと作戦会議だっ」

「ありがとねひまりちゃんっ」

呆気に取られるひまりに手を振り、双子は慌ただしく通りを駆けていった。


満月が冴え渡る、慈鏡寺の境内。

「……それで？　お宝は見つかったんだろうね？」

錠吉の体に入ったリヲが問いかける。

権三、豊二郎、栄二郎の三人は大きく首肯した。

「これがお探しの、腕守りですね」

権三が差し出したものを見て、リヲは瞳を煌めかせた。

「そう、これだよっ。あたいのいっとう大切なお宝は」

権三の掌上にあったのは、金銀ではなく木でできた腕守りだ。とても高価なものには見えないが、彫りこまれた一羽の鶴が凛と立つ、素朴で美しい代物であった。

「ああ、あたいの腕守り……よかった、これを見ないことにゃどうしても死にきれなかったんだ」

リヲは権三から腕守りを受け取り、愛おしむように胸に抱く。彼女の面差しには確かな喜びが浮かんでいた。

しかしながら、時が経ってもリヲは一向に成仏しなかった。

目当ての宝さえ見られたなら——そう述べていた彼女自身、なぜ成仏できないのかと当惑している風だ。

「おかしいね。あたいの無念はこれで綺麗さっぱり晴れたんだ。なのに、どうして、逝けないんだろう」

「やはり思ったとおりだ。リヲさん、あなたは自分で気づいていないんですね……真の無念が、腕守り以外にあるということを」

権三の発言が意図するところをつかみかねたのだろう、リヲは混乱したように目をしばたたいている。

「あたいの、真の無念？」

「ええ。豊、栄、頼む」

双子が黙って踵(きびす)を返す。閉ざされた門の取っ手に指をかける。

木の軋(きし)む音とともに、ゆっくりと、門が開かれていく。その向こうにいた者を目にするや、リヲの瞳が大きく揺れた。

「平治さん――」

刹那、リヲは駆けだした。

門の内へと入ってきた男に駆け寄り、がばと胸に飛びつく。

「なっ……リヲ？　お前さん、本当に、リヲなんだな？」

錠吉という見も知らぬ男に抱きつかれる形になった平治は、一瞬ぎょっとしたものの、双子から事の次第を聞かされていたためすぐに状況を呑みこんだらしかった。

「そろそろ頃合いかな」

権三がそばに置いてあった金剛杵を拾い上げ、そっとリヲの背に当てる。

錠吉の体からリヲの魂が抜けた。

権三はぐったりと力が抜けた錠吉の体を回収し、双子と三人で、恋人同士の邂逅を見守った。

「平治さん、ああ平治さん、どうしてここに……」

「このお三方が教えてくれたんだよ。幽霊になったお前さんが、俺に会いたがっていると」

どうやら平治は魂のみとなったリヲの姿こそ見えぬものの、声は聞こえるらしい。

リヲの想いの強さが、愛する男に通じている証左であろう。

平治がこちらに向かって目礼をする。

彼の左腕にはリヲに渡したのと同じ腕守りがあった。一羽の鶴が立つ、木彫りの腕守りが。

「……よかったね、リヲさん」

男衆は温かな笑みを浮かべた。

リヲの死骸から腕守りを持ち去ったのは、この平治という男だった。権三ほどではないが大柄の体躯をした彼は、小伝馬町の役人に雇われる彫師であった。

リヲが初めて女牢に繋がれた折、平治は彼女の左腕に二重線の入れ墨を彫る役を言い渡された。すなわち彫師として、咎人に罪の証を刻む役回りだ。

だが恋心というのは唐突に、そしていたずらに訪れる。リヲと平治、二人の男女はまさにその時、恋に落ちたのであった。

牢から出されたリヲと平治は人目を忍んで逢瀬を重ねた。しかし「一緒に生きよう」と言った平治に対し、リヲは頑なにこれを固辞した。片や脛に傷持つ者、片や役人に雇われた者。自分と一緒になっては、きっと愛する男を不幸にしてしまう。

リヲは生き方を変えることが最期までできなかったのだ。それはひょっとすると、彼女が罪を犯すことによって救われる者たち——貧しさに喘ぐ者たちのことが、頭の片隅にあったからなのかもしれない。

「すまない、リヲ」

平治が腕の中にいる魂に向かって、煩悶の表情を浮かべた。

「お前さんが再び投獄されたと知っても、死罪になると知っても、俺は、何もできなかった」

すまない、と平治は何度も繰り返し詫びた。

リヲが三千両もの大金を盗み捕縛されたと知った平治は、自身の職も顧みず、役人に彼女への温情を求めたという。リヲは己の欲を満たすためだけに盗みを働いたのではない、その日の食すらままならぬ者たちのためにこそ、三千両という大金を盗んだのだと。

されどこの訴えは当然ながら受け入れられることなく、最後の対面すら叶わぬまま、リヲは牢内で斬首の刑に処された。

牢から小塚原回向院へと運び出されていくリヲの、変わり果てた姿を見た平治の心情は言うまでもない。

彼は役人の目を盗んで鶴の腕守りを、愛する女の形見を亡骸から外して、その場を去った。

「生き方を変えられなかったのは俺の方だ。何を捨てても、お前さんと一緒に生きる道を選ぶべきだったのに……」

平治の面持ちからは、深い後悔が見てとれた。

「……馬鹿な人。あんたは何にも悪くないってのに」

とんだお人好しだよ、とリヲは侘（わ）びしげに笑った。

「しかも彫師のくせに、自分が彫った入れ墨を、丸ごと覆っちまう腕守りなんか作っちゃってさ」

咎人の証となる二重線の入れ墨——平治はしかし、リヲがこの入れ墨があるためによりいっそう生きにくくなってしまうことを憂慮し、入れ墨を覆い隠してしまうべく腕守りをこしらえた。腕守りは、想いあう二人が着けるもの。せっかくならば一つではなく二つ作るべきだ。

かくして鶴が一羽ずつ彫られた腕守りが出来上がり、罪の証である入れ墨の上に、リヲと平治の愛の証が着けられることになったのだった。

「平治さん。会いに来てくれてありがとう。それだけであたいはもう何も、思い残すことはないよ」

リヲは平治を見上げてにっこりと笑い、男衆にも礼を言った。

「あんたたち、よくあたいの本当の願いが判ったね」

権三と双子も彼女に笑みを返す。

リヲが真に望んでいたのは腕守りそのものではなく、愛する男と再び会うことであった。平治の名すら口にしなかったのはおそらく、死者に今なお想われていると知られれば、彼に恐怖を与えてしまうかもしれないと心の底で危惧したからだろう。

「そりゃあもう大変だったんだぜ？　あっちこっち駆けまわって、こんなことは二度と嫌だっての」

「ごめんリヲさん、本心じゃないんだよ。うちの兄さんは素直じゃないところがあるから」

「余計なこと言うなよッ」

双子の小競りあいが始まった。愉快そうに笑うリヲに、今度は権三が穏やかな声で語りかけた。

「あなたの願いが判ったのは、頭のおかげなんですよ」

「さっき言ってた、頭領さんかえ？」

はい、と権三は頷いた。

「俺たちの頭は、誰より鬼のことを考えていた。死者の想いに深く寄り添おうと苦心し続けていた。だから俺たちも、元は黒雲の一員として、その信念をともにしようと決めていたんです」

今も心の奥深くにある、同志の姿。それがあったからこそ諦めなかった。リヲが自身にすら押し隠していた、本当の願いに気づくことができた。

リヲの姿は今やゆっくりと、夜気に溶け入り消えつつあった。

「そうかえ。あたいも一度会ってみたかったね。その、瑠璃という女子に」

リヲは微笑みながら、平治を見つめる。平治も触れることの叶わぬリヲに、優しく微笑みかける。

男衆の目には、抱きあう恋人同士の姿が確かに映っていた。


所変わって深夜の紺屋町――。

権三が営む料理屋にて、錠吉は白木の台に突っ伏し、これで何度目かの慨嘆を漏らした。

「不甲斐ない……俺は、何と不甲斐ないんだ……」

目覚めた時には事はすべて終わっていた。僧侶として幽霊に経を上げるどころか逆にとり憑かれてしまったのだから、錠吉の心中は察するに余りある。

権三と豊二郎、栄二郎は何か美味いものを食わせて慰めようと、彼を紺屋町の店に引っ張ってきたのであった。

「ほら錠、茄子の煮びたしを食え。お前も好きだろう？　それと、こんな時くらいは一杯やったらどうだ？」

そう言って器を置いた権三に、とんでもないと錠吉は顔をしかめた。

「俺は僧侶だ、酒は飲まん。それにつけてもお前たちにはとんだ苦労をかけてしまった……俺はまだまだ、僧侶として修行が足りないようだな」

重々しく自戒する錠吉の背中を、両脇にいた双子がさすってなだめる。

「つたく錠さん、そんなに落ちこむなって」

「そうだよ、リヲさんだって無事に成仏できたんだしさ。まあとり憑かれてた時の錠さんの姿、なかなか衝撃ではあったけど──」

「おい栄」

権三がささやくと同時に首を振る。栄二郎はハッと口を噤んだ。憑依されていた時の仔細を知ってしまえば、思い詰めやすい錠吉のこと、大川に身を投げてしまいかねない。

「何はともあれ、リヲさんの想いを遂げられてよかった。これで一件落着だ。肩の荷が下りた気分だよ」

権三の言葉に、男衆は揃って頷く。

リヲの魂は天へと昇っていった。それを見届けた権三と双子に、平治は厚く礼を述べ、二つの腕守りを手に慈鏡寺を後にしていった。

未だ後悔と哀しみの念が残っているのは明らかだったが、まるで胸のつかえが下りたかのごとく、彼の面差しは安らかであった。

「俺さ、平治さんのあの顔を見て思ったんだ」

不意に栄二郎が、誰にともなくつぶやいた。

「亡くなった人の無念を晴らすのは、生きている人のためでもあるのかもしれない、ってね」

栄二郎の言葉に、権三は柔らかく目尻を下げる。

「……成長したな、栄。吉原にいた頃のお前はおっとりしすぎている感じだったが、今じゃすっかり逞しくなって」

「そ、そうかな？」

「それにしてもリヲってつくづく、瑠璃みたいな女だったよなあ」

ため息まじりに述懐したのは豊二郎だ。権三と栄二郎も「ああ……」とぼんやり宙空を眺める。

「我儘で」

「酒乱で」

「横柄で」

当人がいないのをいいことに言いたい放題である。しかしながら、顔を突きあわせるたび瑠璃の話題になるのはいつものことであった。

自ずと男衆の胸に、若い衆として廓で働いた日々が立ち上がってくる。鬼退治の任務に奔走し、鳩飼いと死闘した日々が。

仲間割れを起こしたこともあった。それぞれの過去を知り、ともに悩み、心を痛めたこともあった。どちらかと言えば残酷で苦しい出来事ばかりだったが、それでも思い出すたび哀しさではなく温かさが募るのは、同志の存在があるからだ。

リヲの宝が平治と揃いの腕守りであったなら、黒雲の面々にとっては互いの存在こそが、何より得難いものであったと言えよう。

誰ひとり欠けても成り立たない。

それが黒雲だった。

「花魁が旅に出るのを見送って、もう五年も経つんだね」

あっという間だな、と栄二郎は寂しげにこぼした。

新たな生活を始めた彼らは今、平穏な日常を送っている。忙しくも充実した毎日だ。さりとて瑠璃がいない江戸は、やはり、どことなく味気ない。

「はーあ。瑠璃の奴、今頃どこにいるんだろうな。こっちの気も知らねえでよ」

弟の表情から察するものがあったのか、豊二郎が大げさに息を吐き出し、両手を頭の後ろで組んだ。

「最近はろくすっぽ便りも寄越さねえじゃねえか。あいつの胃袋って無限だからな、どっかで腹を空かせて野垂れ死んでなきゃいいけど」

「こら、縁起でもないことを」

そうたしなめる権三も、やはり心配そうな面持ちだ。

「あの花魁が一人きりで旅に出るなんて、かなり無謀な話ではあるけどな……」

人として深く信頼していても、反面、瑠璃の生活面における信頼はまったくの皆無と言って差し支えなかろう。

腹を空かせて野垂れ死に——権三と双子の脳裏を一瞬、不吉な想像が掠(かす)める。

すると錠吉が何事か懐を探り始めた。

「ああそうだ、すっかり忘れていた」

目当てのものを探り当て、すっと白木の台の上に置く。

「昨日の夜、慈鏡寺に二通の文が届いたんだ。この分厚いのは京にいる安徳さまからでな。例のごとく長々と近況がつづられていた」

「おお、安徳さまはお元気か？」

懐かしむ権三に向かい、錠吉は軽く首肯してみせる。

「しかし二年前に大火災が起きてからというもの、平穏だった京の治安がどんどん悪化しているとかで、師匠も今はかなり多忙らしい。江戸でのんびり畑いじりをしていた頃に戻りたいとか何とか……大半は愚痴に近い内容だったな」

まあそれは置いておいて、とつぶやきながら、もう一通の文に指先を触れる。

「お前たちに見せたいのはこっち。おそらくこれは、花魁からの文だろう」

「んなッ」

しれっと言ってのける錠吉に、他の三人は思わずのけぞった。

「おいおい錠さん、それならそうと早く言ってくれよっ」

「中は？　何て書いてあったの？」

「俺もまだ確かめていないんだ。中を読もうとした直後に憑依されてしまったから」

言いつつ錠吉は薄い文を開く。権三と双子もてんでに文をのぞきこむ。

次の瞬間、四人は大きく目を瞠った。

《近々戻る》

したためられていたのは、たった一文だけだった。だが達筆なこの字を四人が見間違えるわけもない。

「花魁が、江戸に――」

それぞれの面差しに、歓喜の色が広がっていった。

「おそらくは一度戻ってきて、またすぐ旅立つつもりなんだろうがな」

「かーっ。〝近々〟で済ませちまう辺り、瑠璃ってほんと我儘だぜ。俺たちの都合なんてまるで無視なんだから」

「名前も今いる場所も書いていないのが、花魁らしいというか何というか……」

委細は追って知らせるということなのかもしれないが、どうにもあっさりした文面である。

とはいえ男衆には、これだけで十分だった。

「妖の皆にも伝えなくちゃ。皆きっと大喜びするだろうなあ。それから一緒に、準備をしよう」

男衆は互いに視線を交わし、頷きあう。

かつて黒雲だった五人には、リヲと平治が持っていたような繋がりを確かめあう物がない。だがたとえ黒雲という枠組みがなくなろうとも、進む道が分かれようとも、五人が同志である証は、各々の心に刻まれていた。

「花魁を……俺たちの頭を、盛大に迎える準備をね」

五年ぶりに、頭領が帰ってくる。

美しく輝く満月のもと、喜びあう声は長く、いつまでも江戸の夜に響いた。

「お恋狸のぽんぽこ珍道中」小説現代二〇二〇年九月号掲載
その他は文庫書下ろし作品です。

|著者| 夏原エヰジ　1991年千葉県生まれ。上智大学法学部卒業。石川県在住。2017年に第13回小説現代長編新人賞奨励賞を受賞した『Cocoon-修羅の目覚め-』でいきなりシリーズ化が決定。その後、『Cocoon2-蠱惑の焰-』『Cocoon3-幽世の祈り-』『Cocoon4-宿縁の大樹-』『Cocoon5-瑠璃の浄土-』と刊行し、シリーズ第1部完結。コミカライズもされている。シリーズ第2部が2022年5月から開始予定。

連理の宝　Cocoon外伝

夏原エヰジ

講談社文庫
定価はカバーに
表示してあります

2022年1月14日第1刷発行

KODANSHA

発行者――鈴木章一
発行所――株式会社　講談社
東京都文京区音羽2-12-21　〒112-8001
電話　出版（03）5395-3510
　　　販売（03）5395-5817
　　　業務（03）5395-3615

Printed in Japan

デザイン―菊地信義
本文データ制作―講談社デジタル製作
印刷―――豊国印刷株式会社
製本―――株式会社国宝社



ISBN978-4-06-526314-3

# 講談社文庫刊行の辞

二十一世紀の到来を目睫に望みながら、われわれはいま、人類史上かつて例を見ない巨大な転換期をむかえようとしている。

世界も、日本も、激動の予兆に対する期待とおののきを内に蔵して、未知の時代に歩み入ろうとしている。このときにあたり、創業の人野間清治の「ナショナル・エデュケイター」への志を現代に甦らせようと意図して、われわれはここに古今の文芸作品はいうまでもなく、ひろく人文・社会・自然の諸科学から東西の名著を網羅する、新しい綜合文庫の発刊を決意した。

激動の転換期はまた断絶の時代である。われわれは戦後二十五年間の出版文化のありかたへの深い反省をこめて、この断絶の時代にあえて人間的な持続を求めようとする。いたずらに浮薄な商業主義のあだ花を追い求めることなく、長期にわたって良書に生命をあたえようとつとめるところにしか、今後の出版文化の真の繁栄はあり得ないと信じるからである。

同時にわれわれはこの綜合文庫の刊行を通じて、人文・社会・自然の諸科学が、結局人間の学にほかならないことを立証しようと願っている。かつて知識とは、「汝自身を知る」ことにつきていた。現代社会の瑣末な情報の氾濫のなかから、力強い知識の源泉を掘り起し、技術文明のただなかに、生きた人間の姿を復活させること。それこそわれわれの切なる希求である。

われわれは権威に盲従せず、俗流に媚びることなく、渾然一体となって日本の「草の根」をかたちづくる若く新しい世代の人々に、心をこめてこの新しい綜合文庫をおくり届けたい。それは知識の泉であるとともに感受性のふるさとであり、もっとも有機的に組織され、社会に開かれた万人のための大学をめざしている。大方の支援と協力を衷心より切望してやまない。

一九七一年七月

野間省一